茨木野
ill.すがはら竜
冷酷なる氷帝の、妻でございます
〜義妹に婚約者を押し付けられたけど、
意外と可愛い彼に溺愛され幸せに暮らしてる〜

シャーニッド＝
フォン＝レイホワイト
レイホワイト家の前当主。
昔は怖かったが
今はとても温厚。
ニーナ＝フォン＝
レイホワイト
シャーニッドの妻。
とても元気で明るい。
フェリアとアルセイフが大好き。
アルセイフ＝
フォン＝レイホワイト
冷酷なる氷帝として
名高いレイホワイト家の当主。
氷結の魔眼は
相手を凍らせる力を持つ。
コッコロちゃん
フェリアが大好きな
神獣・フェンリル。
レイホワイト家の守護獣
でもあるが、
アルセイフとは仲が悪い。

ドクズ＝
フォン＝カーライル公爵
セレスティア贔屓の
フェリアの父。平民を見下す
典型的な貴族。
セレスティア＝
フォン＝カーライル
フェリアの義妹。
姉を見下している高慢な性格。
フェリア＝
フォン＝カーライル
クールな公爵令嬢。
義妹であるセレスティアが
結婚を拒んだため、
代わりにレイホワイト家に嫁ぐことに。

CONTENTS

冷酷なる氷帝の、妻でございます

～義妹に婚約者を押し付けられたけど、意外と可愛い彼に溺愛され幸せに暮らしてる～

茨木野
ill.すがはら竜

一章

●フェリア side

「フェリア。悪いが貴様には学校を辞《や》めてもらう」

私の父、ドクズ＝フォン＝カーライル公爵がにらみつけてきた。

娘をそちらの都合で屋敷に呼び出し、いきなりそう言い放ってきた。

「意味が、わからないのですが？」

私は国立魔法学校に奨学生として通っている。

父が学費を出してくれなかったのだ。

それは私が【加護無し】の落ちこぼれだから。

この世界では誰しも、精霊の加護を得てこの世に生を享《う》ける。

加護は非常に重要視されている。

授かった加護の内容如何《いかん》で、将来が決まるほどだ。

しかしそんな世界で、私は加護を持たぬ者として生まれた。

結果、父からは見放された。

まともな教育を受けさせてもらえないどころか、愛人とその娘たちから度重《たびかさ》なる嫌がらせを受けているにもかかわらず、見て見ぬふり。

まあ、ひどい人だなと思っていた。

しかしいつまでも家にいるのが嫌だったので、必死に勉強し、なんとか国立魔法学校に通えることになったのだが。

なぜ、辞めなくてはならないのだろう。

「フェリア、冷酷なる氷帝《ひょうてい》は知っているか？」

「冷酷なる氷帝？　知りませんね」

というかなんだ、冷酷なる氷帝って。意味かぶってないか、それ。頭痛が痛いみたいな。

まあ割とどうでもいい。

「このゲータ・ニィガ王国最強の誉《ほま》れ高い騎士のことだ。名をアルセイフ＝フォン＝レイホワイトという」

レイホワイトという名前には聞き覚えがあった。

代々王家に仕《つか》える一族だ。

爵位は騎士爵とされているが、実際には王家の懐刀《ふところがたな》として特別視されているという。

なぜ聞いたことがあるか。

「セレスティアの嫁《とつ》ぎ先じゃあないですか」

私の母は私を生んですぐに死んだ。

その後、父は新しい女を作った。

その連れ子が、義妹、セレスティアはレイホワイト騎士爵のもとへ嫁ぐ予定だった。が、セレスが嫁ぎたくないと言ってな」

「そうだ。セレスティアである。

「それは、どうして？」

「わからぬのか？　まったく、これだから加護無しは察しの悪い……」

加護の有無と頭の良し悪《あ》しは別だと思うのだが、スルーする。

「アルセイフ殿は氷帝と恐れられる御仁《ごじん》だ。その凍《い》てつくような瞳は、見ただけで相手を凍らせる魔眼。その剣は敵を一切容赦《ようしゃ》なく切り殺す、剣聖の加護を持つ」

「優秀な騎士様じゃないですか」

何が問題なんだろう。

この国からすれば、魔眼を持ち、しかも剣聖なんてすごい加護を持っている優秀な人材だ。

結婚すればさぞ安泰《あんたい》だろう、俗っぽい言い方をすれば、優良物件ではないか。

義妹は何が不満なんだ？　父は何を危惧《きぐ》してる？

「馬鹿が。今まで何人もの女がレイホワイト家に嫁いだが、みな帰ってこなかったのだ」

「帰ってこないって……」

「そのままの意味だ。真偽のほどは不明だが、アルセイフ殿の不興を買い、切り捨てられた、というのがもっぱらの噂だ」

はぁ……。そんなバカなことがあり得るわけない。

相手は国に重用《ちょうよう》されている騎士だ。

そんな立場の人間が、嫁が気に入らないからと切り殺すとは到底思えない。

本気で、世の中の人たちはそう思ってるのだろうか。

「大事なセレスティアを氷帝のもとへなど行かせられん！　しかし白羽の矢が立ってしまった以上、うちから嫁を出さねばならぬ。そこで、加護無しの貴様の出番なのだ」

まあ、ようするに可愛い娘をその怖い人のところへ送りたくないから、どーでもいいできそこないの私をイケニエにしようという魂胆《こんたん》なのだろう。

さて、どうするかな。

しかしこれは……。

「言っておくが貴様に拒否権は――」

「いいですよ」

「……は？」

ぽかん、とする父に向かって私は言う。

「レイホワイト家との婚約、謹《つつし》んでお受けいたします。学校も辞めます」

「い、いいのか……？」

いいも悪いも、最高ではないか。

レイホワイト家はこの国から重宝されている。

かなりの資産を保有しているだろう。

少なくとも、ここよりは楽に暮らせる。

まあ魔法学校を辞めることになるのは痛手だが、魔法の勉強はどこでもできる。

懸念《けねん》材料であるアルセイフ様の人柄については、まあ、何とも言えない。

会ったことがないから。

けれど騎士として国に仕えている以上、悪人ということはまず考えられない。

噂については、噂の範疇《はんちゅう》でしかないし。

そしてなんといっても、レイホワイト家に嫁げば、こんなクズのたまり場からおさらばできる。

加護がないだけで私を虐《しいた》げ、まともな教育を施《ほどこ》してもらえなかったこんな家と、手を切れるのならいいじゃあないか。

「そ、そうか……受けるか」

歯切れの悪い父。私のリアクションが気に食わないみたいだ。

ああ、そうか。私が嫌がって、泣きわめく様を期待していたのか。

だがもう決定事項だ！　みたいな感じで鬱憤《うっぷん》を晴らしたかったのだろう。

つくづく、ひどい人だと思う。

だがもうこんな家とはおさらばだ。

かくして、私は義妹の代わりに、冷酷なる氷帝アルセイフ＝フォン＝レイホワイトの嫁となったのだった。

◆

数日ののち、私は夫となるアルセイフ様のお屋敷へと向かう馬車に乗っていた。

「フェリアさま、おやめになったほうがよろしくないです〜？」

私の隣には侍女《じじょ》のニコが座っている。

ニコ、十三歳。孤児だったこの子を私が拾って育てたのだ。以後、私の世話係を務めている。

灰色の髪の毛が可愛らしい。

あの腐った家の中で、唯一私の味方。

ほかの者たちは加護無しの無能と馬鹿にしてきたのだ。ニコだけが心許せる相手である。

「やめるってどういうこと？」

「だって相手は冷酷なる氷帝さまですよ！　おっそろしいって有名な方なんですから！」

「へえ、そう」

「リアクションうす！　もー！　もっと興味持ってくださいよ！」

「はいはい。じゃあどう危ないの？」

こほん、とニコが咳払《せきばら》いをする。

「アルセイフ様は王国最強の騎士さま。氷属性の魔法と剣術を組み合わせた、【氷剣《ひょうけん》】をお使いになられます」

「ひょうけん。ふーん……」

殿方がどういう剣術を使おうがあまり興味ない。

でもニコは詳しいし、ほかの女の子たちも、こういった話は好きなのかしら。まあどうでもいい。

「その氷の魔法は王国の外でも評判で、世界最強の氷魔法の使い手として有名なのです」

「なんだ、騎士としてとても有能ではないの」

「ええ、ですが！　その性格は苛烈《かれつ》極まりないらしいです！　無礼を働くとその魔眼で殺されてしまうというのがもっぱらの噂！　少しでも彼の不興を買おうものならよくてお払い箱、悪ければ切り捨てられるとのこと！」

また随分《ずいぶん》と気性《きしょう》の荒いかたのようだ。

ニコが不安そうな顔つきになると、私にこう言ってくる。

「フェリさま、やめておきましょう。そんな狂犬みたいな人と結婚したら、死んでしまいますわ！」

私の身を案じてくれてるようだ。うれしい限りね。

あの屑《くず》ばかりの家で、私を支えてくれたニコのことは味方だと思っている。

この助言も、私のことを本当に心配しての発言だろう。

「狂犬って。言い得て妙ね」

「なんでそう冷静なんですかー！」

心配してくれるのもありがたいけど、そこまで怖がる必要はないんじゃないかと私は思っている。

「ねー、逃げましょ？」

「駄目。あのね、平民同士の結婚じゃないのよこれは」

はえ、とニコが首をかしげる。

「貴族の家同士の結婚なの。それは個々人での問題では済まされないわ。家同士で決めたことを、個人の一存で変えることはできないの」

「うー……でもぉ、フェリさまが死んだら、あたしいやですわ」

落ち込んでいるニコの頭をなでる。

「噂がどうかは知りませんし興味ありません。そういうのは、会って直接、この目で見定めるもの。そうじゃなくって？」

魔法の研究を長くしていたからか、私は憶測で物事を判断しない。

データを集め、検証し、それで初めて正しい真実が見えてくる、と思っている。

「フェリさま……わかりました！　このニコ、たとえ嫁ぎ先に氷帝がいようが狂犬がいようが、この身を挺《てい》してお守りいたします！」

孤児だったこの子を拾ってから、やたらと好かれている。

懐《なつ》いてくれるのはいいことだ。

「ありがとう。あら、そろそろ着くみたいね」

ほどなくして私たちを乗せた馬車は、アルセイフ様のお屋敷、レイホワイト家へと到着する。

「ひゃあ！　広いお屋敷ですねフェリさま！　騎士爵さまなのに、こんな大きなお屋敷なんて」

騎士爵は一般に、その代で終わる。子供に受け継がれないものとされている。

「それだけ陛下のお気に入りってことでしょう。長い歴史が紡《つむ》がれるほどには」

「なるほど……って、よく知ってますね？」

「自分の嫁ぎ先の歴史は調べるでしょう、普通」

「その割にアルセイフさまのお噂は知らなかったじゃないですか？」

「噂なんてあやふやなもの、興味ないわ」

私はレイホワイト家の使用人に、屋敷へと通される。

応接間で待つようにと指示された。

「フェリさま、このあとの流れってどうなるんでしょう？」

「ご両親にご挨拶《あいさつ》ね、まずは」

というか私、相手方のご両親には実際に会ったことがない。

押しつけられた数日で相手先に追いやられる、もとい、嫁ぐなんて異常事態だ。

つくづく、お父様もセレスティアも無礼な人たち。

よく相手方は怒らなかったものね。

しばらくして、一組の男女が現れる。

アルセイフ様のお父上とお母上だ。

私は立ち上がって、貴族式の挨拶をする。

「お初にお目にかかります。シャーニッド様、それにニーナ様」

深く頭を下げて、父上様と母上様に言う。

「ドクズの娘、フェリア＝フォン＝カーライルです。伝統あるレイホワイト家の名を汚《けが》さぬよう、アルセイフ様の妻として、支えていく所存でありますので、以後、お見知りおきを」

頭を上げると、父上様と母上様が、ぽかーんとした表情になっていた。

「何か、失礼をいたしましたか？」

「あ、いや！　す、すまない。私はシャーニッド。こちらは妻のニーナだ。フェリアさん、ようこそ我がレイホワイトに」

父上様は背が高く細身。

年齢は四〇らしい。

細身ながら服の上からでもしっかり鍛えられてるのがわかる。

一方で、茶髪の美女が私を見て、目をキラキラさせる。

なんだろう。

「まあ！　まああまああ！　なんてお行儀のよい娘さんなのでしょう！　あなた見た!?」

だっ！　と母上様は走ってきて私に抱きついてくる。

なんだこの対応は……？

確かニーナ様は平民の出身だった。

だからあまり貴族っぽくないのだろう。

「この子、わたしたちの名前をちゃんと知ってましたよ!?」

「はぁ……」

そこになぜ驚くのだろうか。

義理とはいえ両親になる人の名前くらい調べるのが当たり前だろうに。

「ああ、ごめんなさい！　アルちゃんのお嫁さんとなる人って、だいたい来る前に逃げるか、いやいや来て、アルちゃんに会って、逃げていくかのどっちかだったから」

ああ、やはり噂は噂でしかなかったか。

嫁いだ先で人殺しなんて起きるわけがない。

本当に噂って当てにならないな。

「こんなにきちんとした、礼儀正しい娘さんが来たのが初めてでね」

「そうだったのですね。恐縮です、ニーナ様」

「まあまあ！　いいのよ敬語なんて！　ニーナとか、ママとか、そういうふうに呼んで頂戴《ちようだい》な！」

「いえ、さすがにそれは失礼にあたりますので」

親しき仲にも礼儀あり、だ。

それに相手は王家に気に入られている家の人間。

過度になれなれしくして、それが相手の怒りを買ってしまい、結果自分にもカーライルの家にも迷惑をかける羽目になるかもしれない。

まあ別にカーライルの家が潰《つぶ》れようがどうでもいいのだが、私のせいでといちゃもんをつけられたら面倒だ。

ややあって。

「いやぁありがとう、フェリアさん。アルセイフは少々、性格がその……あれでな。なかなか嫁が居着かなくて困っていたのだよ」

ソファに座る私たち。

正面の父上様がそう説明する。

なんだ性格があれって。

ちゃんと言葉で説明してほしい。

まあ難ありそうなのはニコから聞いているので特に驚かない。

「アルセイフ様はどちらに？　ご挨拶にあがりたいのですが？」

「アルちゃんはそろそろ仕事から帰ってくる頃合いかしらねぇ」

と、そのときだ。

ばんっ！　と応接間の扉が開く。

そこにいたのは、銀髪の、背の高い男性だ。

身長は一八〇くらいか。

私より頭一つ、二つくらい高い。

父上様と同様痩《や》せていて、なおかつ筋肉質。

青い瞳には魔力が宿っている。

なるほど、これがかの有名な冷酷なる氷帝か。

帝王なんてあだ名がつくくらいには美形である。

「アルちゃんお帰りなさい！　お嫁さん来てますよー！」

アルセイフ様は私を見て……ふんっ！　と鼻を鳴らす。

「おい女、失せろ」

私を見るなり、アルセイフ様はそんな態度をとってきた。

「アルちゃん！　お嫁さんになんて……」

私は手を上げて母上様を止める。

立ち上がって、アルセイフ様の前に進み出る。

「お初にお目にかかります。フェリア＝フォン＝カーライルです。あなたの妻になるため、こちらにご厄介になりに来ました。よろしくお願いします」

「ふん！　命令されて嫌々来たの間違いだろ。どいつこいつも……腹が立つ！」

氷帝なんて呼ばれてるのに、随分と感情的な方だな。

「別に嫌々来たわけではありませんが」

「見え透いた嘘をつかなくてもいい。消えろ。俺のこの氷結の魔眼が貴様を凍らせぬうちにな」

なぜか激しい怒りを私にぶつけてくる。

だが別にあまり怖いとは思わない。

なぜだろうか。

あとで検証が必要だな。

「帰るわけにはいきません。私はもう家を出た身。戻る場所がございません」

「……いい加減にしろよ。貴様とて、俺のあだ名を聞いたことがあるだろう」

あれか。冷酷なる氷帝ってやつ。

「ええ」

「なら……」

私は言う。

「気になってたんですが、冷酷なる氷帝って、バカみたいなあだ名ですよね？」

びしっ、とアルセイフ様の顔が固まる。

父上様も母上様も、ニコも、この世の終わりみたいな顔をしている。

え、なに？

「ば、ばか……？　こ、この俺が……ばか？」

「あ、いえ。あなたがっていうより、冷酷なる氷帝って。なんかそれ、頭痛が痛いみたいで、ニュアンスがかぶってません？　聞いたときからなんかバカみたいなあだ名って思ってたんですが……」

びきびき、とアルセイフ様の周りに氷の魔力がほとばしる。

「殺す……！」

かっ！　とアルセイフ様の魔眼が輝く。

「フェリさまー！　逃げてぇえええええ！」

周囲に氷雪の風が吹き荒れる。

この部屋を、まるごと凍らせるほどの強力な氷魔法だ。

これは死んだな。私は魔法を勉強してきたからわかる。

さすがにこの凄《すさ》まじい魔法に対する防衛術を、私は持っていない。

何か知らないが、私は彼の虎の尾を踏んでしまったようだ。

これは運命だ。甘んじて受け入れよう。

……だが、いくら待っても、私の体が凍りつくことはなかった。

「なっ!? そ、そんな馬鹿な!?」

アルセイフ様が驚愕《きょうがく》に目を見開いている。

「お、俺の氷魔法が、通じないだと!?」

よく見れば、私の周りを避けるようにして、氷の塊《かたまり》ができていた。

「なんだ!? 今の魔法は!?」

「は? いえ、魔法など使ってませんが。そもそも私は加護無しですし」

いぶかしげな表情のアルセイフ様は、やがて何かに気づいたように目を見張る。

「おい! 貴様! その目!」

「目?」

アルセイフ様は私に近づいて、がしっ、と顔をつかみ、じっと目を覗《のぞ》き込んでくる。

「……やはり。そうか、貴様は【氷魔狼《フェンリル》】の」

「ふぇんりる?」

確か氷の魔物の名前だったような。それと私に何か関係が？

「あり得ん……あり得ない！　貴様が、この世界最強の氷使いよりも、はるかに優れた氷の才を持つだなんて！」

◆

レイホワイト家へと嫁いだ私。

旦那様である冷酷なる氷帝こと、アルセイフ様との一幕があった。

その数時間後。

「思い出せない……」

私は自分にあてがわれた部屋にて、掃除を行っていた。

ご両親様はお優しいことに、私に自分だけの部屋をプレゼントしてくれたのである。

「あのぉ、フェリさまぁ〜？　掃除してる場合なんですぅ〜？」

侍女のニコが、恐る恐る聞いてくる。

「ええ、今日からここに住むのだからね。部屋は綺麗だけど、ホコリが結構溜まってるし」

「そうじゃなくて！　さっきの氷のやつですよ！」

氷のやつ……？

ああ、アルセイフ様が氷の魔法を放ってきたあれか。

「魔物を殺すほどの魔法を暴発させてしまうなんて、魔法使いとしてはまだ未熟ですね」

「じゃーなーくーて！　フェリさまの魔法ですよ！」

ててて、とニコが近づいてくる。

「フェリさま、氷の魔法を使えたんですよ！　加護無しのはずなのに！」

この世界の人間は皆、生まれたときに精霊から加護を受けるとされる。

加護を受けると尋常《じんじょう》ならざる力を手に入れる。

魔法、剣術、そのほか諸々《もろもろ》。

「基本的に加護がなければ魔法が使えないはずなのに……」

「その通りだ！」

ばんっ！　とドアが乱暴に開けられる。

入ってきたのは銀髪の美丈夫《びじょうふ》、私の夫であるアルセイフ様だ。

「ひぃ！　冷酷なる氷帝さまだぁ……！」

ニコがブルブルと震えている。

まったく……。

「アルセイフ様、部屋に入るときはノックくらいしてくださいまし」

「なんだとっ!?」

きっ、と彼がにらんでくる。そうだ。やっぱり。

「貴様、俺に命令するのか！　この俺に！」

「ええ。夫婦であろうと、人様のお部屋に入るときは、ノックすると教わらなかったのですか？」

「この……！」

「この場においてあなたの身内しかいないとはいえ、ごらんなさい。平民の子もおりますゆえ、そのような粗暴な振る舞いは、貴族の、ひいてはレイホワイトの家の品位を下げることになりかねないとは、思いませんか？」

ぎり、と歯噛みすると、アルセイフ様が怒気を少しばかり抑える。

「うーん、やっぱりだ……似てる……」

「なんだ、似てるとは？」

じろり、とアルセイフ様がにらんでくる。

「あ、いや。別にたいしたことではありませんので」

「ふん！　……ところで貴様、聞きたいことがある。面《つら》を貸せ」

面を貸せなんて、お下品な言葉を使う方だな。

外でちゃんとした言葉遣《づか》いはできてるのだろうか。

上司は怒らせてないか、部下になめられてないか、心配である。

「おい」

「すみません。重要な話でなければ、少しお待ちください。お掃除の最中です」

「なに！　貴様……俺の命令よりも掃除を優先するというのか！」

ごぉ……！　とまた彼の周りに魔力がほとばしる。

どうやら魔力制御が苦手な様子だ。

ニコはアルセイフ様の魔力におびえているが、私は普通に答える。

「ええ、この部屋を掃除しなければ私もニコも寝る場所がございませんので」

「貴様は俺の寝所《しんじょ》で寝ればいい。下女の世話など自分でさせろ」

下女、とはニコのことだろう。……少し、腹立つな。

「……お言葉ですが、アルセイフ様。寝所をともにするのはもっと先でございます」

「なに？　そうなのか」

「ええ。結婚したことを陛下に認めてもらい、初めて真に夫婦となってから寝所をともにするのです」

私はここへ嫁いだが、書類上はまだレイホワイトの人間ではないのだ。

「ご存じなかったのですか？」

「ふん！　知るか。俺は結婚するのは初めてだからな！」

「なるほど……では覚えてください。結婚するまではここが私とニコの部屋。そして……」

私はニコを抱き寄せる。

「この子は私の家族です。下女なんて言い方はやめてください」

「ふぇ、フェリさまぁあああああああ！」

おびえていた彼女をよしよしと頭をなでる。

「この人が私に話があるみたいなので、ニコ、ちょっと席を外してなさい」

「ふぁい！」

ニコが外へと出ていく。

アルセイフ様より見えない位置から、彼に向かって「んべー」と舌を出していた。

やれやれ……見られなかったからいいものを……あとで注意しておかないと。

「………」

じっ、とアルセイフ様が私を見つめている。

「なんでしょう？」

「いや……変わった女だと思ってな」

「あなたのあだ名ほどでは」

「ぐっ……ま、まあ……俺もそのあだ名は、おかしいなとは思っていたさ」

その割に指摘されて顔を真っ赤にしていたのだが、まあツッコむのは野暮《やぼ》だろうな。

「話をしたいのでしたら、どうぞソファにおかけになってくださいまし。お茶を淹《い》れますので」

「ああ……」

ちょこん、とソファに座るアルセイフ様。

……やっぱりだ。本当に似てる……昔の……。

ほどなくして。

「おい女」

「フェリアです」

ソファにふんぞり返るアルセイフ様。

「さっきの氷の魔法だが、貴様は本当に加護無しなのか？」

アルセイフ様が感情的に放った氷魔法。

しかし私には通じなかった。

「はい、加護無しであると判定されてますし、国にも登録があるかと」

「だとしたらなおさら解《げ》せん。なぜ、俺の魔法を受けてもびくともしない？」

「さぁ……」

私はお茶をすする。

一方でアルセイフ様が怪訝《けげん》そうな表情をする。

「貴様……気にならないのか？」

「全然」

学校で研究していたときならいざしらず、もう嫁いだから。

「力の正体がどうのこうのなんて興味ありません」

「正体に興味がない……だと？」

「ええ。私はこのお屋敷にご厄介になるのですから、ここでの生活の仕方、使用人の皆様の顔と名前等など、覚えなければいけないことがたくさんありますので」

はぁ……とアルセイフ様が息をつく。

「つくづく変わった女だ」

「そうでしょうか？　嫁に来た女とはそういうものでは？」

力の正体、力の使い方なんて知ったところで、ここでの生活になんの役にも立たない。

「まあいい。とにかく話を聞け」

「はい」

「……いやに素直だな」

「旦那様と会話するのも、嫁の役目ですので」

「そうか……ふむ……」

ジッと考え込むアルセイフ様。

「では、女」

「フェリア。フェリでもよいですが。言葉遣いには気をつけてくださいね」

「ああ!?　嫁の分際で俺に口出しするのか!?」

「ええ、旦那様に口を出すのも嫁の仕事です」

「ぐ……この……ま、まあいい……話が進まん」

急に怒ったり急に大人しくなったりと、忙しい人だなこの人。

「知っての通り俺は世界最強の氷使いだ。この俺以上に氷を上手《うま》く扱える人間はいない」

その割には魔法を暴発させてあわや嫁を殺すところだったけれど、黙っておこう。旦那様がしゃべってる途中だし。

「だが貴様は、俺の氷を受けても平然としていた。世界最強の氷魔法だぞ？　けれど加護を持っていない……となると、考えられるのは、一つ」

びし、とアルセイフ様が私を指さす。

「貴様、人間に化けた氷魔狼《フェンリル》だな」

フェンリル。この世に存在する強い氷の力を持つ魔物。

上位の魔物には知性が宿るという。

つまり人間のように振る舞い、言葉を話せる……が。

「違います。人間です」

「そう……か。だが……しかしその力はフェンリルのモノ。やはり貴様は人間じゃない……」

「アルセイフ様」

私は彼に手を伸ばす。指をつかんで、膝《ひざ》の上に置く。

「人に指を差してはいけません」

少々マナーがなっていないようだ。

おそらくこの性格だ。マナー講師もさじを投げたのだろう。

「………」

おや、また命令するなって怒るかと思ったのだが？

大人しくしているな。

「どうしました？」

「あ、いや……家族以外で、人に触れられたのは、初めてだったのでな」

じっ、とアルセイフ様が私を見つめる。

「貴様、俺のことが怖くないのか？」

窺《うかが》うような瞳を見て、私はようやく合点《がてん》がいった。

そうだ、彼はあの子に似てるんだ。

「ええ。まったく」

「……そうか」

すくっ、と立ち上がると、アルセイフ様が部屋を出ていく。

「いいか、貴様。よーく聞け」

ぎろっ、と彼が私をにらんでくる。

「俺は貴様のことが嫌いだ。なぜかわかるか？」

なんだ突然……。まあ好意的な感情は持ち合わせてないだろう。出会って間もないわけだし。

「いえ、皆目見当もつきません」

ふんっ、と鼻を鳴らす。

「俺は認めん。貴様のような女が、俺より優れた氷の使い手であるなど！　絶対に、断じて、認めんからな！」

「はぁ……」

そう言って彼はドアを閉めた。

まったく、頑固そうな殿方だな。

「フェリさまー！」

窓をがらっと開けて、ニコが部屋の中へと入ってきた。

「外で見てたのね」

「はい！　あの恐ろしい氷帝に、フェリさまがひどい目に遭《あ》わされないように、このニコはじーっと見張っていました！」

「いい心がけだけど、盗み見は感心しないわ。次から気をつけること」

「ひゃい……」

私は隣にニコを座らせて、頭をなでる。

「でも……フェリさますごいです」

「何が？」

「だってあの、冷酷なる氷帝ですよ？　おっそろしいことで有名な騎士さまと、普通に会話するなんて、すごいです」

「そうかしら。普通じゃない？」

「いえいえ。普通だったらあんな怖い人と関わりたくないモノです。どうして平気なんですか？」

彼にも聞かれたな、その質問。

「アルセイフ様は……コッコロちゃんに似てるのよ」

「は……？　こ、コッコロちゃん……？　だ、誰……？」

「犬です。私が小さい頃に飼ってた」

「い、犬ぅうううううううう!?」

私がまだ本当に小さかったとき。

腹を空《す》かせていた犬を街で見かけた。

その子を拾って飼っていたのだ。

「コッコロちゃんもあんなふうに、最初はきゃんきゃんきゃんと吠《ほ》えまくっててね。でも犬ってね、吠えてるときって別に怒ってるわけじゃないの。身を守るために吠えるのよ」

「は、はぁ……」

「アルセイフ様も、なんだかコッコロちゃんにとてもよく似てるような気がしてね。あまり怖くないのよ」

ああ、懐かしいなぁコッコロちゃん……。

「……冷酷なる氷帝を犬扱いだなんて……フェリさま、やっぱりすごいですよぉ」

●アルセイフ side

翌日。アルセイフは不機嫌面《づら》をさらしながら、食堂で朝食を摂《と》っていた。

「本当に不愉快だ……まったく！」

今彼の頭の中にあるのは、昨日自分の妻となった女。

もっと言えば、彼女の持つ氷使いとしての力が気になってしょうがなかった。

アルセイフにとって自《みずか》らの体に宿した力は、特別なものだった。

レイホワイト家は代々、氷の力をもって敵を倒し、国を守ってきた。

ゆえに己《おのれ》の持つ異能を何よりも素晴らしいものだと思っていた。

そこに加えて、アルセイフは歴代でもトップレベルの氷使いと、幼いころから賞賛を浴びせられていたし、その力と家名に恥じぬよう、努力してきた。

ところが、だ。

ぽっと出てきた女が、己以上の氷の才能を持っていた。

しかも加護無しだという。……とても認められなかった。

受け継いできた血、そして重ねてきた訓練の日々が、才能という一言で否定されるのが怖かった。

だから、何の努力もせず、強大な氷の力を持っているフェリアのことが気に食わない。

なのだが……。

「おはようございます、アルセイフ様」

フェリアが侍女と共に食堂へと現れ、ぺこりと頭を下げて、朝の挨拶をしてくる。

「ふん。貴様か」

「はい。あなたの妻のフェリアです」

フェリア＝フォン＝カーライル。

カーライル公爵の長女。

黒く長い、つややかな髪に、黄金色の美しい瞳を持つ。

すらりとした肢体《したい》は、しかし思いのほかしっかりしており、健康そうだ。

フェリアは侍女に椅子を引いてもらい席に着く。

朝食に口をつける。

「…………」

腐っても公爵令嬢か、その食べ方には品があった。

「今朝はいいお天気ですね」

「あ？　なんだいきなり」

「単なる世間話ですよ」

「誰が世間話をしたいと言った？」

「世間話に発言の許可など必要ないかと」

……これだ。

おかしい。どうにも調子が狂う。

どの女も、アルセイフを遠巻きに見てくる。

誰もかれもが、怖がってまともに会話してくれない。

冷酷なる氷帝。

そのあだ名、そしてその悪評のせいで、まともに会話してくる者はおろか、彼に近づく女性すらいなかった。

見つめるだけで目を逸《そ》らされ、声をかければ悲鳴を上げられる。

別に女に興味のないアルセイフにとって、どうでもいいことだったが、しかし不愉快ではあった。

ところが、だ。

「アルセイフ様は随分朝早くから鍛錬なさってるんですね」

「あ、ああ……。騎士として日々腕を磨くのは、俺の日課であり義務だからな」

「なるほど、それはとてもご立派だと思いますよ」

なんだ、こいつは。

なぜ普通に話してくるんだ？　どうして、そんなふうに、自分の目をまっすぐに見てくる？

夫である自分に氷結の魔眼があると、フェリアは知っている。

見ただけで相手を凍らせる異能。

魔力を籠《こ》めなければ（感情が昂《たかぶ》ると暴走するが）、害はない。

しかし周りはそれを知らない。だから余計に目を見てもらえない。

だが彼女は違う。きちんと、まっすぐに自分を見ている。

しかも朝に鍛錬をしていることまで見ていやがった。

「どうかされましたか？」

きょとんと首をかしげるフェリアが、妙に小憎らしくて、

「人の鍛錬を勝手に盗み見るな」

そんなふうについ悪口をたれてしまう。

だが彼女はメソメソすることも、おびえることもなく、

「まあまあいいではありませんか。減るものではありませんし」

普通に、話してくる。……ほんと、調子が狂う。

ややあって。

「では、いってくる」

玄関先にて。アルセイフは職場である、王城へと向かおうとしていた。

彼が所属してるのは王国騎士団である。

「あ、お待ちください。アルセイフ様」

「なんだ？」

フェリアの背後に控えていた侍女が、自分に包みを渡してくる。

灰色の髪の少女は、ぶるぶるぶる、と震えていた。これが普通の反応なのだ。フェリアが異常だ。

ちっと舌打ちをして、アルセイフが包みを受け取る。

「お弁当です」

「は？」

……耳を疑った。弁当だと？

「ええ。お昼ごはん作っておきました」

「ちょっと待て。そんなことは頼んでないぞ？」

フェリアはうなずいて普通に返す。

「はい、頼まれてません」

「なら、なぜ俺に弁当なんぞ作った？」

「あなたの妻ですからね」

……手に持った弁当の包みを、しげしげと見つめる。

妻。そうか。この女は自分の妻だった。

騎士団でも妻帯者は多い。みな昼になると、自分の妻が作った弁当を食べていた。

そうか、あれか。まさか自分も弁当を作ってもらえるとは……。

「ふん！　この程度で俺の機嫌を取ろうとは！　浅はかだな！」

「別にあなたの機嫌を取りたいからやったんじゃないですけどね」

やれやれ、と溜め息をつくフェリアの態度に、またイラッとしてしまう。

なんだその、生意気な口は。

「む？　包みが妙に冷たいが」

「ああ、その包み、氷でできてるんですよ。腐らなくて安心かなと」

「なにっ!?　そんなバカな!?」

だがよく見ると弁当の包みは魔力を帯びている。

確かに、氷を極薄にして、それを包み紙代わりにしていた。

「信じられん……こんな高度な、霧氷錬金《むひょうれんきん》を」

「なんです、その、むひょうれんきんとは？」

「氷使いの奥義《おうぎ》だ。氷の形・性質を変化させ、別の物質を作る技」

レイホワイト家に伝わる奥義の一つであり……。

アルセイフでも到達していない、氷使いとしての極致。

ようするに、とても高度な技であり、アルセイフが何年経《た》っても習得できない技であった。

「貴様が、包みを作ったのだな？」

「ええ、今朝」

「くそが！」

「なんですお下品な……」

「なぜ貴様がこんな高度な氷の技を使える!?」

「さぁ？」

フェリアが本当に興味なさそうにして言う。

それが、ますます腹立たしい。

俺が積み上げてきた努力を、才能で以《もっ》て否定されたようじゃないか！

「なぜ貴様はもっとその力を誇らない!?」

「逆に聞きますけど、こんなのただの力じゃないですか。そこまでこだわる必要あります？」

びきっ、と周囲に氷の魔力がほとばしる。

怒りに呼応するように、あたりを凍りつかせる。

侍女が「ひぃいいいい！」とおびえる一方で、フェリアの目は変わらずに、まっすぐに、彼を見てきた。

「おやめなさいな」

「あぁ!?　なんだと貴様!?」

「自分の不機嫌に任せて他人に当たるのはおやめなさいと、そう言ってるのです。ハシタナイ。貴族にあるまじき態度ですよ？」

「この……！」

「あなたは、レイホワイトの家名を背負っていることを、どうかお忘れなきよう」

はっ、とさせられる。確かに、彼女の言う通りだ。

自分の言動が、歴代の当主が代々築き上げてきた一族の威光に傷をつける羽目になる。

それは、家の歴史に誇りを持っているアルセイフにとっては、最も忌《い》むべきもの。

「…………」

怒りが収まると同時に、氷の力も鎮《しず》まった。激情を抑えられたのは、この女のおかげだった。

だが、だが……

「ちっ！」

認められない。彼女の力も、彼女の忠告で冷静さを取り戻せた事実も。何もかもが、気に食わない。

「やはり俺は、貴様が嫌いだ」

しかしフェリアは涼しい顔をして「そうですか」と流す。

その顔、本当にむかつく。

「アルセイフ様、もたもたしてますと遅刻してしまいますよ」

「貴様に言われるまでもない。だいたい！　貴様のせいで余計な時間を取ったのではないか！」

「あなたが子供みたいに癇癪《かんしゃく》を起こしたせいでは？」

「〜〜〜〜〜〜！　いってくる！」

アルセイフは包みを持って外に出る。

「はい、いってらっしゃいませ」

母以外に、自分にいってらっしゃいと言ってくれたものは、果たして今までいただろうか。

いや、一人たりともいなかった。

屋敷で働く使用人たちすら、自分を怖がり、見送りなんてしてくれない。

「…………」

アルセイフは外で待つ馬車に乗って、小さく舌打ちをする。

窓から外を見ると、玄関先までフェリアが見送りに出ていた。こちらを見て微笑んでいる。

わからない。

あの女の態度が。

こちらがこれだけひどく当たり散らしているのに、まるで気にしてる様子もない。

「ほんと、なんなんだ、あの女は……」

二章

●フェリア side

夜になってアルセイフ様がご帰宅なされた。私は玄関まで彼を出迎えに行く。

「お帰りなさいませ、アルセイフ様」

「ああ……？」

彼が怪訝《けげん》そうな表情をする。

「なぜ貴様がわざわざここまで来る？」

「妻ですから、旦那を出迎えるのは当然です」

この人個人にはまだ、特別な感情は抱いていない。

しかし妻としての務めというものは、こなさないといけないのだ。

ようは私は私の仕事として、自分たちの食い扶持《ぶち》分働いてるだけである。

「ふん！　偉そうな口を利《き》くな」

ぷいっ、とそっぽを向くアルセイフ様。

そんな態度取られても気にしない。

愛がないことは承知の上でこの家の敷居をまたいだのだから。

「鞄お持ちいたしますよ」

「いらん。自分で持つ」

「左様《さよう》でございますか。では、お弁当箱だけでもお渡しください」

「捨ててきた」

捨ててきた？　何を考えてるのだろうかこの人は。

いや、待て。私の作ったものを、食べずに捨てた可能性と、そうじゃない可能性がある。

この人は結構口に出さない部分が多いのは、ここ最近でわかったことだ。叱《しか》るのも怒るのもちゃんと話を聞いてからだ。

「中身が、お口に合いませんでした？」

「なに？　そんなこと俺は一言も言ってないだろうが」

おや、これはちゃんと中身を食べてくれたリアクションだ。

ということは……。

「アルセイフ様。あのお弁当箱は、使い捨てではなく、何度も使いますのでちゃんと持って帰ってきてください」

たぶん彼は知らなかったのだろう。

妻から作ってもらった弁当箱、食べ終わったあとどう処理すればいいのか。

「俺が間違っていると言いたいのか、貴様？」

じろり、とアルセイフ様が私をにらみつける。

だが私はまっすぐ彼の目を見て言う。

「はい。次からお気をつけくださいまし。そのたびに捨てられては、もったいないです」

じーっとアルセイフ様が私をにらみつけたあと……。

「最初から、そう言えば俺だって捨てなかった」

と悪態をついて、自分の部屋へと戻っていく。まったく、素直にゴメンナサイ、次から気をつけるくらいいえないのだろうか。

まあ、でもニュアンスからして、話を聞いてはくれそうだ。

ややあって。

私たちは食堂で、向かい合って食事を摂《と》っていた。

「おい」

「フェリアです。いい加減覚えてください、アルセイフ様。あと人をおいと呼んではいけません。人には親から与えられた大事な名前がおのおのにあるのですから」

「この……！　本当に貴様は口が減らないな！」

「あなたの言動が貴族的な常識から逸脱することの多いのが悪いのでは？」

「ぐっ……！　本当に貴様は嫌いだ！」

「あらそうですか」

口調や振る舞いが粗暴なのは、仕方ないことだと思う。

レイホワイト家は、本《もと》をたどれば平民の血筋。

生粋《きっすい》の貴族ではないので、あまりそういう貴族的な枠組みにとらわれない気風が脈々と受け継がれてきたのだろう。

この屋敷の中ではいいにしろ、社交界でこれはかなり致命的だと思う。

いくら陛下の覚えがめでたいとはいえ、あまり貴族らしからぬ振る舞いはよくない。

とくにこのコッコロちゃん……もとい、アルセイフ様は家の中でも特に口調が乱暴すぎる。

外でも絶対に同じことしてるな、これは。やれやれ。

「それで、どうしました？」

「そうだ貴様。昼間の弁当。あれはなんだ？」

「なんだ……と言われましても……何か問題でも？」

「ああ。貴様、俺の苦手なモノをわざと入れたな！」

苦手な食べ物……。

ああ、そうか。人間誰しも好き嫌いがあるもの。旦那様の苦手なものを把握せずに入れてしまった、私の落ち度だ。

「それは大変申し訳ございません。反省し、次回からは気をつけます」

「まったくだ！」

「差し支えなければ、苦手なモノをお教えくださいまし」

「フンッ……！　まあいい。よく覚えておけ。一度しか言わぬぞ」

いいか、と指を立ててアルセイフ様が言う。

「ピーマンだ」

「ピーマン……」

「にんじん。パセリ。タマネギ。それから……」

……この人。野菜嫌いすぎる。

子供か、と思ったが、そういえばこの人、私より年下だった。

「おいぼんやりするな。覚えたのか？」

「はい。ピーマン。にんじん。パセリ。タマネギ。アスパラ……」

私は彼が苦手だと言ったものすべてをそらんじた。

ぽかん……とアルセイフ様が口を開いている。

「何か？」

「いや……ふ、ふん！　少しばかり記憶力に優れるからって、調子に乗るなよ！」

どうして男の人は、女が何かしたらすぐ、調子乗るなとマウントを取ってくるのだろう。バカみたい。

「ではアルセイフ様。明日のお弁当はご期待してください」

「ああ、二度と俺の嫌いなモノを入れるなよ」

◆

翌日の夜。

「貴様ぁああああああああああああ！」

乱暴にドアが開くと、アルセイフ様が憤怒《ふんぬ》の表情を浮かべながら帰ってきた。

「おかえりなさいませ」

「おい貴様！　なんだ今日の弁当は！」

鞄から弁当箱を取り出して、床に叩きつける。

「ものを叩きつけてはいけません。ボールではないのですから」

「やかましい！」

しかしちゃんと今日は弁当箱を持って帰ってきた。よしよし。いい子だ。骨を……って、コッコロちゃんじゃなかったっけ、この人。

私は弁当箱を持ち上げて中身をチェックする。

大半が残されていた。

「お残しは感心しませんね」

「バカ！　野菜を入れるなと昨日あれほど注意しただろうが！　忘れたのか！」

「覚えてましたよ」

「じゃあなぜ入れた！」

……本当に子供だなこの人。コッコロちゃんのほうがかしこいぞ、やれやれ。

「あのですね、アルセイフ様。お野菜は体にとてもいいのです。食べると体調がよくなります」

「だからなんだ！」

「私はアルセイフ様が健康であられますよう、あえて、お野菜を入れたのです」

口から入ってくるモノが体を構成する。

「食べ物のバランスはすなわち、バランスのよい、健康的な体を作ります。あなた様は騎士なのです。いついかなるときも人民の前に立ち、剣となって敵を切り、盾《たて》となって人を守る。不健康な体で人が守れますか？」

「う……ぐ……」

この人は態度が粗暴だが騎士としては立派だ。

朝と寝る前に鍛錬を欠かさない。

仕事には遅刻しない。

ニコを通して聞こえてくる噂からも、見た目は怖がられるけど、しかしちゃんと仕事はしてるみたいだ。

騎士としての自分に誇りを持っているのだろう。で、あるならそこにかこつければ、言うことはある程度聞いてくれるはず……。

「健康な体を保つため、これからも私はきちんと野菜の入ったバランスのいい食事を作ります。あなた様は残さず食べてきてください。いいですね？」

「………」

「アルセイフ様。人からの問いかけに無言を貫《つらぬ》くのは、社会ではよくないこととされています。肯定なり否定なりをしてください」

「ああくそ！　わかった！　食べればいいのだろう！」

「ええ、その通り」

うぐぐ……とアルセイフ様が歯噛みしたあと、ふんっ！　と鼻を鳴らす。

「やはり貴様は嫌いだ。口うるさいし俺に命令ばかりする！　妻のくせに！」

「どうぞお嫌いになられてください。ただ、私は命令してるのではありません。注意してるだけです。注意されるような態度を取る、あなた様がいけないのだと思います」

「ぐ……！　ぎ……！　こ、のぉ……！」

きゃんきゃんと吠《ほ》える姿は、やはりコッコロちゃんを彷彿《ほうふつ》とさせ、癒《い》やされる。

「ほら、アルセイフ様。お夕食の時間に遅れますよ」

「誰のせいで……！」

「すぐ人のせいにしてはなりません。自《みずか》らに非があるかもしれないと考えて行動したほうが、よりよい結果を生みます」

「うるさい！　くそ！　本当に口の減らない女だ！　俺は貴様が嫌いだ！　ふんっ！」

◆

旦那様であるアルセイフ様は、日中、王城へと仕事に行っている。

その間、私が何をしているかというと、いろいろだ。

屋敷の中の位置構造を覚えたり、使用人さんたちの顔と名前を覚えたり、交流したり。

その中でも特に割合を占めているのは、アルセイフ様の母上、ニーナ様と過ごす時間だ。

「ごめんねぇ、フェリちゃん。お掃除、手伝ってくれて」

母上様のお部屋には、私と侍女《じじょ》のニコ、そしてメイドさんたちが集まってお茶をしている。

「それにしても、すごいわねぇフェリちゃんの魔法！」

今日は母上様と一緒に屋敷の掃除をした。

そのときに、氷の魔法を使わせてもらった。

「指ぱっちんで、一瞬で部屋が綺麗になったんですもの。あれ、どうやったの？」

「氷の魔法を応用したまでです。空間を瞬時に凍結させ、不要物のみを砕き、あとは魔法を解除しただけ」

魔法は使用者のイメージによって、色々な使い方ができる。

ただ氷の塊《かたまり》を作りだすだけじゃなく、特定の何かを凍らせるというイメージを強く持てば、落ちてるゴミや、屋根裏を這《は》ってる虫だけを凍らせ砕くことができる。

掃除にも使えるなんて、本当に便利な力を得たモノだ。

「本当にすごいわぁ。偉い！　スーパー奥さんね！」

「いえ、私なんてまだまだ」

「まあまあ！　なんていい子なんでしょう！　も～～～～いい子！」

母上様は、ぎゅっと私の頭を抱きしめてくる。

……ああ、温かいなぁ。

「あ、ごめんなさいね！　せっかく綺麗なおぐしが、ぐしゃぐしゃに！」

「かまいません、むしろうれしかったです。母にこういうこと、してもらったことないので」

私は軽く経緯《いきさつ》を話す。

母は私を産んですぐに、死んでしまった。

その後、後妻として迎えられたのが、セレスティアの母。

まあこの人もセレスティア同様にクズなのだが、まあそれはどうでもいい。

「あぁ……！　なんて可哀想な子なのぉ！」

ぎゅーっとニーナ様が私をさらに強く抱きしめる。

「クズなおうちに育っても、こーんなに立派に、賢く強く生きるなんて！　本当に立派！　えらい！」

「ありがとうございます」

母親って、こんな感じなのかな……。

「それにね、わたしはあなたにとても感謝してるのよ。アルちゃんと仲良くしてくれてるからね」

アルちゃん……。

ああ、アルセイフ様か。

ニーナ様は平民の出身なせいか、言葉遣《づか》いが少々粗雑だ。

たぶん彼も母親のしゃべる言葉を聞いて育って、ああなったのだろう。

この人も、貴族なんだから、もうちょっと言動を改めたほうがいいと思う。

けどまあ、それを指摘するのはまだ早いか。家に嫁《とつ》いだばかりだし。

「ありがとう、フェリちゃん」

「感謝されるいわれはありません。私は単に妻としての当然のことをしてるだけですので」

「いいえ、これぱっかりはちゃんと謝らせて。あの子がああいう性格になったのは、わたしの責任でもあるから……」

「ニーナ様の責任？　どういうことでしょう？」

彼女は少しだけためらうそぶりを見せた。けれど、「フェリちゃんは知っておかないとね」とつぶやく。多分あんまり言いたくなかったんだろう。

それでも、彼女は言う。必要なことだったからだ。

「アルちゃんね、昔、とっても病弱だったのよ」

◆

夜になってアルセイフ様が帰ってきた。

私は今日も一緒に彼と夕食を摂った。

食後。食堂にて。

「くそっ！　おい貴様！」

「フェリアです。なんですか？」

正面に座る、銀髪の美少年が、ギリギリと歯嚙みしながら私をにらむ。

「なんだこれは！」

びし！　とテーブルの上に載《の》っている、ガラスの小皿を指さす。

「食後のデザートですが？」

お皿の上には白くて甘ーい、冷たいデザート……。

私の作ったアイスクリームが載っている。

「貴様これをどうやって作った!?」

「氷の魔法で急速冷凍」

「やはりか！　くそ！」

またもアルセイフ様がいらいらしだす。

「なぜ貴様は、その身に宿りし神の力を、こんな下らぬことばかりに使うのだ！」

だんだん！　と彼がテーブルを叩いて怒りをあらわにする。

「テーブルを叩かないでください。お行儀が悪いですよ」

「やかましい！　くそ！」

彼はどうにも言動がいちいち子供じみている。

誰か注意する人は……いないんだろうなぁ。怖がられてるみたいだし。

しかたない、これも女主人の仕事だ。

「そのちっ、とか、くそ、とかもおよしなさい。市井《しせい》のチンピラでもあるまいし」

「貴様が俺に命令するな！」

「命令じゃなく、注意です。ほら、溶けちゃいますよ」

アイスなのでほっとけば溶けていく。

「まったく、氷菓子なんぞに魔法を使うなんて……何を考えてるのだ……」

「食べないのです？」

「はっ！　当然だ。俺は氷の力に誇りを持っている。それを悪用して作られた菓子なんぞ！」

「別に力なんて誰がどう使おうといいじゃないですか。あ、ほら溶けかけてます。もったいないのでちゃっちゃと食べてください」

アルセイフ様が真顔になると、私をじっと見つめてくる。

「どうしました？」

「いや……なんでもない。仕方ないから食べてやるって思っただけだ。どうせたいして美味《うま》くないだろうがな！」

アルセイフ様はスプーンを手に持って一口すくう。

ぱくっ食べると、彼は目を丸くする。

「…………」

「どうですか？」

私の問いかけには答えず、彼が残りをすべて平らげる。どうやらお気に召してもらえたようだ。

普段の言動を知ってるから、夢中で食べるこの人の姿が、ちょと可愛らしく思えた。

「おい、貴様は自分の分を食べないのか?」

手つかずの、私の分のアイスをじっと見つめる。

ああ、なるほど……。おかわりが欲しいのか。

「はい。どうぞ」

私は氷の風を吹かせて、テーブルの上に氷の道を作る。

つん、とお皿をつつくと、アルセイフ様の前に皿が移動。

すぐに氷は消えてなくなる。

「存外器用だな、貴様」

「これでも魔法の研究はしてましたので」

「そうか……しかし貴様、なぜ俺が貴様のアイスを欲しいとわかった?」

簡単な理由だ。

「コッコロちゃんも、あなたと一緒だったので」

「こ……ああ、貴様が昔飼っていたという犬か」

「はい。あの子もご飯を食べ終わったあと、じぃっと私の顔を見つめておかわりを無言で要求してくるんです。あなた、あの子と同じ顔してましたので」

「犬畜生と一緒にするな!」

あらまあ犬畜生なんて。飼い犬を悪く言われたら、むっとしただろう。でもこの方がクソガ……

こほん、精神が未熟とわかった今では、さほど怒る気にはならない。

「溶けますよ、早く食べた方が」

「やかましい！　くそ！　忌々《いまいま》しい！　コッコロちゃんめ！」

ちゃんづけって。

たぶんアルセイフ様は、「コッコロちゃん」までを名前だと思ってるんだ。

面白いので黙っておこう。

「今度その犬とやらに会わせろ。一言文句言ってやる」

きれいにペロッと食べ終わったアルセイフ様が、そんなことを言った。

「無理です。消えてしまったので」

「消えた……？　どういうことだ」

「ある日突然、いなくなってしまったのです」

コッコロちゃんは幼いころ、私が世話をしていた。

だがある日、まるで煙のように消えてしまい、以後、姿を見かけたことはない。

「元の飼い主のところへ帰ったか、あるいは、ふらっと出ていって死んでしまったのでしょうね」

「……そうか。貴様は、悲しくないのか？」

「まあ、当時は泣いてしまいましたが、今はもう昔のことですから」

じっ、とアルセイフ様が私を見つめた後、小さくつぶやく。

「……悪かったな」

ちゃんと、詫びを入れてきたのだ。

それを聞いて、私は母上様の言葉が、真実だったのだと気づかされる。

『アルちゃん、昔はとっても病弱でね。まともに外も歩けないくらいだったの。だからわたしたち、うんと甘やかしちゃってね』

『それでわがままな性格？』

『違うの、逆よ。自分が弱いせいで、わたしたちに苦労を、心配をかけてしまう。だから、あんなふうに、強気に振る舞ってるの。意地っ張りって言えばいいのかしらね。でも、悪い子じゃないのよ、優しい子なの』

「なんだ？」

最初、半信半疑だったけど、今彼が謝ってきたのを見て、確信を得た。

「やはりアルセイフ様は、コッコロちゃんそっくりだなって」

あの子も優しい子だった。

最初はよく噛んできたけど、私が父や義妹からいじめられたとき、慰《なぐさ》めてくれたっけ。

「馬鹿にしてるだろう、貴様？」

「いえいえ、褒《ほ》めてるんですよ」

「にやけてるじゃないか！　くそ！　忌々しいやつだなコッコロちゃんは！　一度顔をぶんなぐっ

てやる！」

「いえ、だからコッコロちゃんはもう……」

ふん、とアルセイフ様が鼻を鳴らす。

「死亡を確認したわけではないのだろう？」

「ええ、まあ」

「なら、死んだと決めつけるのは早計だろうが。どこかで生きてるやもしれんだろう？」

「いや、そんなの現実的じゃ……」

馬鹿が、とアルセイフ様が悪態をつく。

「生きていると信じることの、何が悪い。現実的？　悲観的に考えることが現実的と同義語だと言うのか？　俺が間違ってるか？」

……その通りだ。私は結局諦《あきら》めたのだ。

もちろん探した。

四方探した上での、結論だった。

でも……確かに、死んだと決めつけるのは早計だったかもしれない。

泣くのは、早かったかもしれない。

「そうですね。私が間違ってました。あなたの言う通りです」

ぎょっ、とアルセイフ様が目をむく。

「き、貴様も素直に非を認めるのだな。いつもは、口やかましく言うくせに」

「それは、あなたが間違ったことばかりするからです。私だって間違えることくらいありますよ。人間ですし」

やはり、この人って、優しい人なのだな。

生きてると信じる、か。

この人の仕事っぷりを見たことがないのだが、きっといい騎士なのだろうと思う。

「では、コッコロちゃん探索に付き合ってくれます？」

「……まあいいだろう。俺の言いだしたことだ。休みの日になら、付き合ってやってもいい」

かくして、夫婦となって初めて、私は彼とお出かけする予定が、できたのだった。

◆

私は夫である、アルセイフ様とお出かけすることになった。

目的は、幼い頃にいなくなったコッコロちゃんを探すため……。

さすがに七年くらい前に姿を消した子が、王都にいるとは私も思っていない。

今日は単純に二人で街を散策する、という認識でいる。

私たちは王都へとやってきた。

大抵の貴族は、通常二つ、屋敷を持っている。

王都に一つ、自分の領地に一つ。

私たちが普段住んでいるのは、領地のあるレイホワイト領。

比較的王都からは近いものの、馬車でないと時間のかかる距離だ。

そして私が以前住んでいたのは、王都にあるカーライル公爵の屋敷。

「よし、いくぞ」

アルセイフ様が馬車から降りて、ひとりでさっさと歩きだす。

「おいてかないでくださいよ」

「ちっ……」

ことあるごとに舌打ちするアルセイフ様。不快かと聞かれればソウだと答える。でもまあ子供だと思えば怒る気にはならない。

それに……この人は悪い人じゃあないのだ。だってコッコロちゃん探そうって言ってくれたのは、この人だし。態度は悪いけど、その魂の色は悪人の黒じゃあないんだと私は思う。だから、あなたが多少口の悪いクソガキだとしても、許してあげるし、正してあげようと思う。

「またそうやってすぐ舌打ちする。いけませんよ、あなたは騎士なのですから、それらしい振る舞いをしないと」

「ほんとに口の減らない女だ……まったく……」

さて休日の王都はかなり賑《にぎ》わっている……はずなのだが。

「……いやに静かですね」

誰も彼もが黙って、そっぽを向いている。

店先で元気に商売していた男性も、彼を見た途端に店の奥へと引っ込んでいった。

ああ、なるほど……原因はアルセイフ様か。

「なんだ?」

「いえ、随分《ずいぶん》と有名人なのですね」

「ふん……いつものことだ」

アルセイフ様。冷酷なる氷帝。

その悪名、そして彼が醸《かも》し出す殺伐《さつばつ》とした雰囲気が、王都の賑やかさ、華やかさを打ち消しているのだ。

端的に言えばみな、彼を怖がっているのである。

侍女のニコから噂は聞いていたが、こうして実際に周りの人の反応を見るのは初めてだ。

人の噂など当てにならないから、大袈裟《おおげさ》に誇張されているのだろうと思ったのだけど……。

どうやら、本当にアルセイフ様は、人々から忌避《きひ》されているらしい。

だが当の本人は悲しんでいる様子も、いらだってる様子もない。

私は聞いてみる。

「いつも周りはこんな感じなのですか？」

「そうだな。ひどいときは子供に泣かれる」

そのとき、一人の男の子が、アルセイフ様のお腹《なか》にぶつかる。

「ごめんな…………………」

男の子がアルセイフ様を見て固まる。

ぎろり、と彼が子供をにらむ。

「ひぎゃぁああああああああああ！」

子供が大泣きしだす。

アルセイフ様は、またか、みたいなリアクションだ。日常茶飯事《さはんじ》なのだろう。

「よしよし、泣かないでください」

私はしゃがみ込んで、男の子の頭をなでる。

だが彼は泣きやもうとしない。

「あ、そうだ。あめ玉あげますよ。どうです？」

鞄から手作りのあめ玉を取り出す。

砂糖を煮詰めて、それを氷で包み込んだお菓子だ。

ぴたっ、と子供が泣きやむ。

あめ玉を手に取って口に含むと、ぱぁ……と笑顔になった。

「どう？」

「おいしー！」

「よかった。じゃあもう一コあげましょう」

「ありがとー！」

子供は二個目を食べて、すっかり機嫌を直してくれた。

よかった。

「ばいばい、おねえーちゃーん！」

「ええ、ばいばい」

子供が手を振りながら去っていく。

やれやれ、大事にならなくてよかった。

「…………」

終始黙っていたアルセイフ様が、私を見て目を丸くしている。

「何か？」

「いや……なぜ貴様、子供をあやしたのだ？」

「なぜって……泣いてる子供がいて、そのままにするのは、可哀想じゃないですか」

ごく当然のことを言ったまで。

けれど彼は何か感心したようにうなずく。

「なるほど……」

「なんです？」

「いや……なんでもない」

すたすたと彼が歩きだす。

「その……なんだ」

「はい？」

彼は前を向いたまま、そっけなく、

「……助かった」

ぼそっと、聞こえるか聞こえないかくらいの声音で、お礼を言ってきたのだ。

……なんと。なんとも、まあ。この人からまさか礼を言われるなんて。

「な、なんだ貴様その鳩が豆鉄砲食らったみたいな顔は？」

「あ、いえ。あなたからお礼を言われるのが新鮮で」

「ふん。俺だって、礼くらい言うわ」

「そうです？　初めて言われましたが」

前を歩くアルセイフ様は「ふん」とまた鼻を鳴らす。

「いつもああなのだ」

「ああとは……子供に泣かれると？」

こくん、と彼がうなずく。

「どうにも俺は『悪い子は冷酷なる氷帝に食われてしまう』と言われてるらしくてな」

「まあ……それは、お気の毒に」

ぴた、と彼が足を止める。

「気の毒？」

「ええ。あなたは人々を守るために頑張ってらっしゃるのに、そんな鬼とか化け物扱いされるのが、気の毒だなと」

また彼がジッと黙り込んでしまう。

彼の妻となってわかったのだが、アルセイフ様が黙っているときは、高い確率で何かを考えてるときだ。

邪魔しちゃイケナイので、黙っておく。

ほどなくして、彼が口を開く。

「そんなふうに言ってくれるのは、おまえだけだ」

あれ？　いつもは私のこと、貴様とか言うのに、今日はおまえと言ってきたな。

「妻ですからね。夫を否定なんてしませんよ。あなたは私たちのために外で仕事してくれてるんですから」

「……そうか」

ぽりぽり、と彼は頬を指でかくと、

「悪くないな」

とだけ言う。

……どういう意図なのだろうか。

◆

結局一日探しても、案の定、コッコロちゃんは見つからなかった。

屋敷に到着。

馬車から降りて、彼が言う。

「おい」

「はい」

「また行くぞ」

……また？

「え、コッコロちゃんの捜索ですか？」

「ああ。見つからなかっただろう？」

「いやまあ……」

今日一日探して、やっぱりいなかったのだから、正直もう二度と見つからない気がする。

「行っても無駄な気がしますけど」

「……俺が行きたいんだよ」

そっぽを向きながら、彼が言う。

なるほど、気晴らしに付き合ってほしいのか。

「いいですよ」

「ほんとかっ？」

彼が少し目を輝かせて言う。

「ええ」

「そうか！　ならば来週も行くぞ」

「そんなすぐに？」

「なんだ、俺と出かけるのは不服か？」

「いえ、別に」

彼はふんっと鼻を鳴らすと屋敷に向かって歩きだす。

どこか、足取りが軽いように見えた。

今日のお出かけが、楽しかった……のかな。

……私はどうだろう。

まあ、いつもより彼もとげとげしさがなかったように思える。楽ではあったな。

「フェリさまぁあああああああああああ！」

屋敷の中へ入ると、侍女のニコがダッシュで近づいてくる。

その勢いのまま、私のお腹にツッコんできた。

ぐえっ、と淑女《しゅくじょ》らしからぬ声が出てしまう。

「大丈夫でした!?　あの人にひどいことされませんでした!?」

ニコが心配してくる。

……あの人？　ああ、アルセイフ様か。

私が彼と一緒に出かけたことを、心配してくれてたのだな。

「大丈夫です。コッコロちゃん二号は、今日は大人しかったです」

「ほ、本当に……？」

「ええ。なんか別の人みたいでしたね」

「そ、そうですかぁ……よかったぁ……」

ほーっ、とニコが安堵《あんど》の息をつく。

そこまで心配することだろうか。

「使用人とご両親の目がないところで、フェリさまにひどいことするんじゃないかって……もう気が気でなくって……」

「あらまあ。心配どうもありがとう。でもそれは考えすぎですよ。彼は騎士なのですから」

よしよし、と私は彼女の頭をなでる。

「無事で何よりです！　あ、そうだフェリさま、シャーニッドさまがお呼びになられてました。何か、重要なお話があるとかで」

「父上様が？　なんでしょう……すぐに行きます」

私はニコを連れて、アルセイフ様のお父上のもとへ向かう。

書斎へと入ると、中には痩身《そうしん》の男性がいた。

義理の父シャーニッド様だ。

「おお、フェリアさん。よく来てくれた。実は君に会わせたいお方がいる」

「会わせたい、お方？」

こくん、と彼がうなずく。

「我らレイホワイト家の守り神……【お守り様】に、君を紹介したいんだ」

「守り神……お守り様？」

初めて聞く単語だ。

「ああ。初代レイホワイト家の当主が、神獣であるお守り様と契約を交わし、彼を守り神としてまつることで、この家に繁栄と氷の力をもたらしてくれているのだ」

なるほど家の守護獣というわけか。

「君もこの屋敷に来て数日経《た》つ。そろそろお守り様に挨拶《あいさつ》をと思ってね」

「わかりました。いつです？」

「今からでもいいだろうか。どうにも、お守り様が君に会いたがっているんだ、なぜか、かなり強く」

私に会いたい？　強く……？

なんでだろう……よそ者が珍しいとか？

私はシャーニッド様に連れられ、屋敷の庭へと出る。

そこから歩いてしばし、石造りの祠《ほこら》のようなものの前まで到着。

「ここから地下の祭壇へと繋がっているのだよ」

シャーニッド様に先導されて、私は階段を下っていく。

真っ暗な地下道を進んでいくと、やがてキラキラと輝く、不思議な空間へと到着。

四方を氷で囲まれており、最奥《さいおう》には氷でできた台座があった。

『フェリーーーーーーーーーーー！』

い、い、
その子は私と目が合うと同時に、ツッコんできた。

私は押し倒され、ベロベロと顔中をなめ回される。

『会いたかった！　君に会うのを、ボクは心待ちにしてたんだよ！』

中性的な声で、私にそう言う。

「な、なぜ……あなたが……ここに？」

私を押し倒しているのは、一匹の巨大な犬だ。見覚えのある姿……。

「こ、コッコロちゃん？」

三章

●フェリア side

昔々あるところに、一匹の神獣がおったそうな。

神獣。神から力と知性と授かった、特別な存在。

ここに一匹の神獣、氷魔狼《フェンリル》がいた。

そのフェンリルはとてもやんちゃだったそうだ。自《みずか》らのおいたのせいで、街一つを滅ぼしたことすらあるらしい。若い頃だったから仕方ないとのこと。

そんなフェンリルの討伐を依頼されたのが、初代レイホワイト家の剣士だった。

彼はフェンリルを討伐しようとした。

だがあまりに強大な存在を討ち滅ぼすことはできなかった。

そこで、彼の持つ力でフェンリルを封印。

その管理を王家から依頼されたのが、アルセイフ様のおうち、レイホワイト家の始まりだという。

そのフェンリルはすごくすごく不服だった。

自分を閉じ込めたレイホワイトの人たちをあまり好きとは思っていなかったらしい。

だが彼が生きるためには、レイホワイト家の人たちが供給する魔力が必要だった。

外に出られず、閉じ込められ、恨み辛《つら》みが年々積み重なってきたある日。

レイホワイト家の新しい当主が紹介された。

その男児はとても体が病弱だった。

しかも、最悪なことに、彼の魔力はとてもまずかったらしい。

もう耐えられない……！　と思ったお守り様は何百年の間、こっそりと、ばれないように溜めておいた魔力で脱出の魔法を使う。

見事レイホワイト家からの脱出に成功したものの、そのときに魔力をほぼ使い切ってしまった。

あわれ神獣も、魔力がなければただの犬。

ふらふらとさまよい歩いているところに、一人の美しい聖女と遭遇。

聖女の手によってみるみるうちに回復したお守り様は、お礼に、彼女に一つの【力】を授けた。

それは神獣が授けし、いわば神の力とも言える氷の魔法。

女の子は氷の魔法を授かったとも、また自らが可愛がっていた犬が神獣だとも知らなかった。

そして聖女の魔力によって回復したお守り様は、彼女のもとを去った。

これ以上外にいると、お守り様を逃がした罪で、レイホワイト家が取り潰《つぶ》しになるやもしれなかったからだ。

自分を閉じ込めたやつらの家がどうなろうと知ったことではない……が。

聖女に優しくされた自分が、誰かに冷たくするのは、よくない。彼女に合わせる顔がない。

そこで仕方なく元いた場所へと戻ってきたのだった。

……はい。以上がレイホワイト家と神獣、そして聖女の物語。

……というか、聖女は私だった。

◆

「フェリー！　フェリー！」

私がいるのは、レイホワイト家の応接間。

ソファに座る私の隣には、翡翠《ひすい》の髪の美少年が座っている。

くりっとしたお目々。

あどけない顔立ち。身長は一六〇くらい。

ぱっと見は人間だが、ぴんと立った犬耳に、犬の尻尾。

「コッコロちゃん神獣だったんですね……」

お守り様ことコッコロちゃんが、私に抱きついて、ほっぺをペロペロとなめてくる。

祠《ほこら》の中では犬の姿だったのだが、私と再会したあと、この人形《ひとがた》に変身したのである。

「会いたかったよ！　すっごく！」

「私もです……が、お守り様？」

「コッコロちゃんでいいよ！　君は特別だからね！」

にこにこーっと無垢《むく》なる笑みを向けてくる。

この犬耳美少年が、本当にコッコロちゃんで、本当にこの家の守り神とは……。

「では、コッコロちゃん。本当にあなたは、神獣なのです？」

「そうだよ！　人間に変化《へんげ》する犬なんて聞いたことないでしょ！」

「まあ言われてみればそうですね」

「フェリ～！　会いたかったよぉう！」

また飛びついてきて、ぺろぺろぺろ、とほっぺをなめてくる。

まさかコッコロちゃんが重要人物だったとは……。

「それで、その……シャーニッド様？　いつまでそうなされてるんです？」

父上様ことシャーニッド様は、私の前でずっとひれ伏している。

「聖女様にお許しいただけるのでしたらっ！」

「いや、いいですってそういうの。顔上げてください」

恐る恐るシャーニッド様が顔を上げる。

「まさか君が……我が家の救世主だったとは、本当にすまない……」

ペコペコとシャーニッド様が頭を下げる。

「いや救世主って……大袈裟《おおげさ》ですよ」

「大袈裟なものか。我が家は滅ぶところだったんだよ。お守り様を救って、ここに帰ってくる気にさせてくれた君がいたから、家は潰れずに済んだのだ。ありがとう、本当に……！」

冒頭の昔話は、シャーニッド様＋コッコロちゃんの話を総合して作られたモノ。

どうやら知らないうちに、私はこの家を救っていたらしい。

「というか、一番いけないのはコッコロちゃんでは？」

「うう～……だって、ずぅっと閉じ込められてたんだよ！」

「それはあなたがやんちゃしてたからでしょう？」

「うう……ごめんねぇ～……」

しゅん……とコッコロちゃんの犬耳と尻尾が垂れる。

「反省してるならそれでよし」

「フェリ～～～～～！」

がばっ、とコッコロちゃんが私に飛びかかって顔をなめる。

「ちょ、ちょっとやめてください……きゃっ！　くすぐったい……」

「ああフェリ！　ボクのフェリ！　もうボクは君を一生離さないからね！　この家に君が来てくれ

て本当にうれしいよ！」

と、そのときだった。

「おい」

ぎぎ……と扉が開くと、そこには鬼の形相《ぎょうそう》をしたアルセイフ様がいた。

「貴様、何をしている……？」

相手を射殺《いころ》さんばかりににらみつけてくる……アルセイフ様。

端《はた》から見れば屋敷の女主人が、間男と不貞を働いてる現場に見えなくもない。

きちんと誤解を解いておかねば。

「違います。アルセイフ様。誤解です。これは……」

私が怒られている、とばかり思っていた。

他の男と抱き合っているから、不貞を働いている……と。

だが……。

剣を抜いて、その切っ先を……お守り様に向ける。

「アル！　何をしてるんだ！」

「黙ってろ親父。俺は……この犬に用事がある」

コッコロちゃんは私からどいて、ひょいっ、とアルセイフ様の前まで進み出る。

「ボクに……なに？」

その目の色は、アルセイフ様と同じだった。

彼の持つ氷結の魔眼。

見た相手を凍りつかせるその力は、フェンリルであるコッコロちゃんのもの。

「あの女は俺のだ。貴様にはやらん」

「へえ……家を潰しかけた元凶の分際で、大きな口利《き》くね？」

二人がにらみ合っている。

「貴様が逃げたのが悪いのだ」

「君の魔力がゲロみたいにまずいのが悪い」

「あの女は俺の妻だ」

「悪いけどフェリはボクのフェリだから」

「「…………」」

……はぁ、やれやれ。

何を子供みたいにケンカしているのだろうか。

「だいいち貴様は神獣で、あの女は人間だろうが」

「愛に種族は関係ない。ボクはフェリが好きだ。フェリと番《つがい》になる」

「ふざけるな。あれは俺のだ。奪うようなら貴様を殺……ぶっ！」

私はアルセイフ様の後頭部を叩く。

「やめなさい、相手は守り神なのですよ？　殺すなんてぶっそうなマネはおやめなさい」

「へんっ！　ばーか！　怒られてやーんの……あいたっ！」

ぺん、と今度はコッコロちゃんの頭を叩く。

「こら、駄目でしょうコッコロちゃん。他の子とケンカしちゃいけないって、忘れたの？」

「うう……ごめん、フェリぃ～……」

再会したとき、この子がコッコロちゃんだと信じられなかった。

でも言動を見れば、なんてことはない、私が幼い頃に拾って可愛がった、子犬ちゃんだった。

「二人ともケンカしないの。仲良くなさい」

「無理。こいつ嫌い」

やれやれ……。

「とにかく、同じ屋敷で暮らしていく以上、ケンカは御法度《ごはっと》です」

「わかったよ……フェリがそうしろって言うなら、そうする！」

笑顔で手を上げるコッコロちゃん。

「うん、いい子ですね。いい子いい子」

わしゃわしゃ、と私はかつてのように、彼のあたまをなでる。

ぱたたっ、と犬の尻尾が揺れる。

「おいやめろ」

アルセイフ様が、私の手を引いて抱き寄せる。

え？　何、急に……？

「おまえ、夫がいる分際で、他の男といちゃつく気か？」

「何をバカな。この子は神獣じゃないですか。男って……」

「性別上、男だろうが。俺の女である以上、他の男には触れることすら許さん」

まあ確かに夫以外の殿方に触れるのは、不貞行為にはなるけれど、相手は神獣だろうに。

「君……調子乗らないでよ……？」

びきびき……とコッコロちゃんの周囲が凍結していく。

「フェリはボクのフェリなんですが？」

「ふざけるな犬。こいつは俺のだ」

「あ……？　いてっ」

私は二人の頭を叩く。

「私は私です。誰のモノでもありません」

「しかし……！」

「お座り」

さっ、とコッコロちゃんがお座りの体勢になる。

「なんだと貴様？　俺に命令――」

「お・す・わ・り」

私に気圧《けお》されたのか、顔を引いて、ちっ……と舌打ちをする。

そのまま出ていくアルセイフ様。

やれやれ、子供ですかねあの人。

「じゃ、フェリ！　今日からよろしく！」

「ええ、よろしくコッコロちゃん」

私は彼に抱きついて、頭をなでる。

「会いたかったですよ」

「えへへ～♡　ボクも～♡」

びきびき、ばきばきばきっ……！

……どこかで何かが壊れる音がした。

●アルセイフ side

アルセイフ＝フォン＝レイホワイトには、ここ数日、頭を悩ませていることがあった。

妻のフェリアに、近づく男がいるのだ。

……否《いな》、正確に言うと、レイホワイト家が祀《まつ》っている神獣　氷魔狼《フェンリル》なのだが……。

『フェリー♪　フェリー♪　ご飯まだ〜？』

朝食の席、フェリアの隣に一匹の犬が座っている。

翡翠の毛皮が美しい大型犬。

神獣コッコロの犬の姿だ。

「コッコロちゃん。待て、待てですよ……」

『うん！　ボク、フェリが待てって言うならいつまで待っちゃうもんね！』

フェリアはフェンリルに微笑みを向ける。

……ちくり。

「……？」

アルセイフは妙な感覚にとらわれた。病《やまい》というわけでも、呪いというわけでもない。

気のせいだろうか。

「よしっ」

『わふー♡　おいしー！』

がつがつ、とご飯を食べだす。

コッコロに慈愛のまなざしを向けて、頭をなでるフェリア。

……そんな姿を見て、アルセイフはさらに眉間《みけん》にしわを寄せる。

「おい」

「はい？」

フェリアがこちらを向いてくれた。

こちらに興味を持たせることには成功したが。

「……特に用はない」

「はぁ……そうですか」

フェリアが不思議そうに首をかしげる。

『フェリー！　ボク残さず食べたよー！』

「あら本当です。えらいえらい」

『えへー♡』

相手はただの犬なのだ。だというのになぜだか妙に気になる。

妻が、自分以外に笑顔を向けているのが気に入らない。

「おい」

「なんでしょう？」

自分以外に関心を向けているのが、気に食わないから単に呼んだだけだ。

しかしそんなことを言うのは恥ずかしいので、

「……なんでもない」

と返してしまう。

まったくなんなのだ、この間から。

神獣がフェリアの言うところの、思い出の犬コッコロであった。フェリアは大いに喜んだ。そして、コッコロはどうやらオスであり、フェリアのことが好きらしい。

ふざけるな。フェリアは自分の妻であって他の男には絶対に渡さない。

だがフェリアは決まってこう言うのだ。

『何をおっしゃいますか。コッコロちゃんはペットじゃないですか』

神獣をペット扱いするのか、ということはさておき。

今のところ、フェリアはコッコロに対して、子供の頃に飼っていた可愛い愛玩動物以上には思っていない。

だが彼女は気づいていない。

コッコロは逆に、フェリアに飼い主以上の感情を抱いている。

ときおり、妖《あや》しげに目が輝く時がある。

アルセイフからしたら、気が気ではない。

他の男に、妻を取られるなど、貴族として、騎士として恥ずべきことだ……。

「…………」

貴族として、騎士として?

なんだか自分で言っておいて、何かが違う気がした。

「では、行ってくる」

朝食を済ませたアルセイフを、妻が玄関先まで見送ってくれる。

もちろん、彼女に寄り添うように、ぴったりとコッコロがついている。

「おい犬」

『なんだよ駄犬』

神獣というわりに、コッコロは妙に人間くさいのだ。

超然とした存在であれば、ここまで心乱されることはなかったろう。

人間のように振る舞うから、気になるのだ。

「駄犬は貴様だろうが」

『へんっ。ボクはフェリを守る忠犬だもん』

「減らず口を……」

「はいはい、そこまで。あなたも仕事があるんですから」

ちっ、と舌打ちをする。

「いいか犬。俺のいない間にあいつに何かしてみろ？　その喉《のど》を氷の剣で串刺しにしてやるからな……あいたっ！」

フェリアが夫の頭を叩き、あきれたような顔になる。

「朝から物騒なこと言うのはおやめください」

「しかし……！」

「ほら、いってらっしゃい。あなた」

妻から弁当を差し出される。

自分の家に来てから、彼女は毎日欠かさずに弁当を作ってくれる。

『いいなぁ、フェリ！　ボクもお弁当作ってよ！』

「なんだとっ!?」

しかしフェリアは微笑むと、コッコロの頭をなでる。

「コッコロちゃんには必要ないでしょう？　お弁当は、外で頑張って働いてくれるアルセイフ様にだからこそ作るんです」

「…………」

なんだろうか。なんだか、勝った気分になった。

「フッ……」

『あー！　駄犬このやろー！　今勝った気になったなー！』

「いってくる」

『無視すんなばかー！』

アルセイフは屋敷をあとにする。

その足取りがなぜか軽い。

「そうか……ふっ……そうか……」

弁当の包みをニヤニヤと見つめる彼であった。

◆

アルセイフは出勤したあと、騎士団の詰め所へと向かう。

彼は副騎士団長、部下と上層部との橋渡し的なポジションである。

「おはようございます、アルセイフ様」

詰め所で書類仕事をしていると、部下が声をかけてくる。

「ああ」

「昨日は奥様のクッキーありがとうございました」

「ああ」

以前までは、アルセイフに声をかける者はほとんどいなかった。

部下たちも怖がって、挨拶《あいさつ》や簡単な報告のとき以外は、話しかけてこない。

だが、フェリアが妻になってから変わった。

フェリアはやたらと、部下にこれを持っていけと言ってくるのだ。

最初は煩《わずら》わしかったが、しかし……。

「おい。これを皆で食え」

弁当とともに、今日もフェリアからお菓子の包みを渡された。

アルセイフは数日前のことを思い出す。

彼女から託されたものを部下たちに差し出した。今まで彼がそんなことをしたことなかったので、部下たちは皆一瞬固まったものの、すぐに彼らは笑顔で受け取った。

それから数日経《た》った今では、彼らはフェリアが作るお菓子を心待ちにしている。

「ありがとうございます！」

部下が喜んでアルセイフから包みを受け取る。

彼のことを嫌っているのならそもそも受け取らないだろう。部下たちは、別に上司であるアルセイフを嫌っていないのだ。ただ、接点がなくて、プライベートまで踏み込めなかっただけである。

「今日はなんでしょう？」

「マフィンとか言っていたな」

「おお！　おいしそうですね！　ありがとうございます！」

「ああ……」

アルセイフは気づけば部下と普通にコミュニケーションが取れるようになっていた。

それもすべて、フェリアの作ってくれる、お菓子のおかげである。

彼女はお菓子作りが趣味であるらしい。

アイスクリームやクッキーなどを、暇《ひま》を見つけては作り、その都度《つど》自分に持たせるのだ。

お昼になると……。

「アルセイフ様！　一緒にお昼食べましょう！」

部下たちが食堂に誘ってくれるようになった。

以前は誰も声をかけてこなかったのだが……。

アルセイフは部下とともに食堂へと移動。

彼が妻から作ってもらった弁当を広げると……。

「「「うぉおお！　美味《うま》そぉおおおおお！」」」

誰も彼もが、とても驚いてみせるのだ。

なるほど、確かに妻の作る弁当は、他の者たちの弁当や、食堂のメシより美味そうに見える。

それに、実際に美味い。

「貴様らも少しつまんでいいぞ」

フェリアは部下たちの分を見越して、少し多めにおかずを入れるのだ。

そのまま一人で食べると食べすぎになってしまうのである。

「「「あざーっす！　いただきます！」」」

はふはふとハンバーグだの肉詰めだのを食べていく部下たち……。

「うめえ！　さいっこう！」

「やっぱ副団長の奥様のメシさいこーっす！」

「いやあ、うらやましいっすわ！」

ふふん、そうだろう、と得意になるアルセイフ。

「ふん。俺がうらやましいなら貴様らも結婚するんだな」

「「「したいっすよぉ！」」」

ふと、アルセイフは窓の外を見やる。

今頃はフェリアも昼を食べてるだろうか。

あの犬と一緒に。

メシを食ったあとは昼寝でもするのだろうか。

危険だ。あいつは犬を装《よそお》った狼だ。

なんて無防備な姿を見せるのだ、あの女は。全く……。

「…………」

「どうしたんですか、副団長？」

「いや、なんでもない……」

箸《はし》を動かしていると、部下がこんなことを言う。

「副団長って、最近考え事が多くなりましたね」

「……そうか？」

うんうん、と部下たちがうなずく。

「特にここ数日ぼーっとすることが多いような」

「何か、騎士団全体での懸案事項でもあるのですか？」

仕事のことではない。プライベートのことだ。

などと、部下には言えない。

「貴様らが気にすることはない」

とだけ言っておく。

前はこれだけで団員たちがおびえてしまったのだが……。

「あ、じゃあ気にしなくて大丈夫なんすね」

「つーかうめえ！　まじで奥さんの手料理さいこー！」

フェリアの陰ながらの努力によって、彼は部下との円滑なコミュニケーションを取れるようになっていた。

ややあって。

今日の仕事が終わると同時に、アルセイフは席を立つ。

「帰る」

「「おつかれさまですっ！」」

と、そのときだ。

「伝令！　王都の郊外にゴブリンの群れが！」

「「「なにぃ!?　ゴブリンの群れ!?」」」

ぴくっ、とアルセイフが立ち止まる。

「その数は一〇〇！　副団長！　今すぐ団員に召集を……」

「必要ない」

ぎろり、と部下をにらみつける。

「俺が一人で行く」

「で、ですが……！」

「くどい。時間の無駄だ。貴様らも帰れ。足手まといだ」

アルセイフは魔力で身体強化をし、風のように飛び出す。

詰め所を出て、王都の街並みを駆け抜ける。

屋根をつたって外壁へと到着。

「あ、アルセイフ様!?」

門の上で見張りをしていた兵士がぎょっ、と目をむく。

「あれか」

ゴブリンが一〇〇体。

こちらに向かって進攻中だ。

「消えろ」

目に魔力を込める。

それだけで、視界に入っていたゴブリンたちが、一斉に凍りついた。

そして彼が後ろを振り向くと同時に、ゴブリンが粉々に砕け散る。

「あの数のゴブリンを一瞬で!? す、すごい……すごいですよアルセイフ様！ って、あれ？」

「報告は任せる」

アルセイフはすでに外壁から降りて、屋敷へと急ぐ。

帰りが遅くなれば、それだけあの犬にフェリアを独占されてしまう。

彼は汗だくになって屋敷へと戻ると……。

「おかえりなさいませ、アルセイフ様」

フェリアが、自分のことを出迎えてくれる。

その笑みを見ていると、全力疾走の疲れも一気に吹き飛んだ。

「……ああ」

「汗をかいてらしてますが、どうしたのですか？」

ハンカチを取り出して、フェリアが額《ひたい》の汗を拭《ぬぐ》おうとする。

以前ならば、アルセイフは自分に近づくものすべてを、拒《こば》んでいた。

だが彼は今、妻が拭《ふ》き終わるのを、ただじっと待つ。

ふわり、と彼女の甘い髪の匂いに、心洗われるようになったのはいつからだろう。

「はい、終わりです」

「……そうか」

アルセイフは屋敷の中へと入る。

「マフィンはどうでした？」

後ろからついてくるフェリア。

「部下たちは喜んでいたぞ」

「それは重畳《ちょうじょう》ですが、私はあなたの感想を聞きたいのですけど？」

立ち止まって振り返る。

彼女がジッと自分を見てくる。

……なんだか、妙に心臓がドキドキして、目を逸《そ》らす。

「……普通だ」

フェリアは「そうですか」と微笑む。

……それだけで、今日の疲れやストレスが、溶けてなくなるような思いがしたのだった。

●フェリア side

ある休日のこと。

「おい。出かけるぞ」

私が応接間でコッコロちゃんの毛繕《けづくろ》いをしていると、アルセイフ様が、そんなことを突然言ってきた。

「はい？　出かける？」

「おまえ、この間の約束をもう忘れたのか？」

この間の、約束……？

「ああ！　あれ！」

先週、私はコッコロちゃんを探しに、アルセイフ様と街へと出かけた。

その際に、また探しに行こうと約束したのであった。

「でもあれはコッコロちゃん探索のためであって、もう本人はここに……」

「なんだ？　おまえ、俺との約束を反故《ほご》にするつもりか？」

ぎろり、とアルセイフ様がにらんでくる。

「いえ……まあ、わかりました。出かけましょう」

「ふん。さっさと出かけるぞ」

私が立ち上がると、コッコロちゃんも後ろからついてくる。

「おい犬。なぜついてくる？」

『ボクはフェリの騎士だからね？　彼女を守るのはボクの使命だからさ』

ふふーーん、と鼻を鳴らすコッコロちゃん。

「邪魔だ、消えろ」

『邪魔って何？　君こそ消えてくんない？　ボクとフェリのデートの邪魔しないでくれよ』

コッコロちゃん一号と二号がにらみ合ってる……。

本当に仲が悪いな、この人ら。

「では、三人で出かければいいではないですか」

「『よくない……！　俺（ボク）と二人で出かけるのだ！』」

……やれやれ。

しかし結局三人で出かけることはできなかった。

なぜなら、コッコロちゃんはレイホワイト家の守護神だからだ。

「ふん。バカ犬め。せいぜい家でも守っているのだなっ」

私の前を歩くアルセイフ様。

なんだかご機嫌だった。

「コッコロちゃんを邪険に扱わないでください」

「なに？」

立ち止まって、ぎろりと、アルセイフ様がにらんでくる。

「おまえ、あの犬のほうがいいのか？」

「ほうが……？　よくわかりませんが、コッコロちゃんもまた大事な家族じゃないですか」

「ふんっ！　守護神でなければ俺が八つ裂きにしてやるというのに……忌々《いまいま》しい！」

「はぁ……どうしてそこまで嫌うんです？　コッコロちゃんが何かしました？」

「それは、あいつがおまえを……」

ぴた、とアルセイフ様が固まる。

「コッコロちゃんが、私を？」

「……ふん！　なんでもない！」

ずんずんと先へ進んでいくアルセイフ様。

なんなのだろうか……？

出会ってからまだ日が浅いからか、未《いま》だに私は、この人のことを理解できていない。

ちょっと機嫌がよくなったと思ったら、すぐに不機嫌になってしまう。まったく……。

本当に昔のコッコロちゃんに似てるなこの人。

……ああ、似た者同士だからケンカしちゃうのか。

「それで、アルセイフ様」

「なんだ？」

「今日はどうするのです？」

「どう……とは？」

立ち止まって彼が首をかしげる。

「いえ、お出かけした目的ですよ」

「目的……」

ジッと黙ったあと……。

「特にない」

「はぁ……ない、ですか」

「ない」

妙なことを言うお方だ。用事がないのに外出するなんて。

私は意味不明すぎて、思わず率直に聞いてしまう。

「なら、どうして私を誘ったのです？」

「約束をしたからな。おまえと出かけると」

「え？　それだけ？」

「ああ。それだけだ」

約束を果たした今、彼は何が目的で、私と歩いているのだろうか……？

「おい、ぼーっとするな。いくぞ」

ぱしっ、と彼が私の手をつかんで歩きだす。

「え？　あ、ちょっと……！　早いですって」

つかつかつか、と進んでいくモノだから、私は躓《つまず》きそうになる。

彼は歩く速度を緩めてくれた。

「…………」

手をつないでのお出かけ。

しかもアルセイフ様から言いだしたこと。

まるでデートのお誘いではないか。

デートなのか、これは。そうかデートに誘ってくれたんだ。

……意外だった。私のことなんて嫌いだとばかり思っていたのだが。

もしかして口に出さないだけで、結構私に惚《ほ》れてるとか？

いや、ないな。うん。でも少し歩み寄ってくれたことは事実。

それは普通にうれしいかなって思った。

「なんだ？」

「いえ、素直にデートへ行きましょうと言ってくれればいいのに」

立ち止まって、フンッとそっぽを向く。

「勘違いするな。これはデートではない。約束の履行《りこう》だ。騎士たるもの、一度した約束を破るつもりはない」

「ふふ、そうですか」

照れ隠しなのだろう、彼なりの。

なんだ、可愛いとこあるじゃないか。

「どこへ行きましょうか」

「別に。どこでも」

「では、その辺をぶらつくのはどうでしょう？」

「ふん。好きにしろ」

アルセイフ様が無言で隣を歩いている。

歩幅も合わせてくれている。

なんだか不思議な気分だ。

前回はコッコロちゃんを探すという目的があって出かけた。

だが、今日は特に目的もなく、二人で街をぶらついている。

結婚して初めて、私は殿方とデートをしている。

なんだかおかしいな。普通順序が逆ではないだろうか。

そんなふうに歩いていると……。

「……み、見ろ、アルセイフ様だ」

街ゆく人たちがアルセイフ様……というよりは、私に注目している。

「……隣を歩いてるのは？」「……アルセイフ様の奥様よ」「……まじか。あの人結婚してたんだ」

ひそひそと周囲から噂話されている。

「……あのおっそろしい氷帝様と付き合えるなんて」

「……すげえ。何者だあの人？」

「……でも氷帝様、なんだかいつもより優しい顔してない？」

「……確かに。普段はもっと近寄りがたいし」

なんだか見世物にされてる気分だ。

やはり彼に対する世間の注目度は高いらしい。

というか、私にまで飛び火している。

「有名人ですね？」

「ふんっ、好きで目立っているのではない」

「まあそうは言っても、アルセイフ様は美男子ですからね。女子からはモテるかと」

ぴたっ、とアルセイフ様が立ち止まる。

「おい」

「はい？」

「俺は、おまえの目から見て、美男に見えてるのか？」

そっぽを向きながら彼が尋《たず》ねてくる。

「そうですね。かっこいいと思いますよ？」

悪評がなければ、今頃若い子たちにきゃーきゃー言われてそうなくらい、アルセイフ様は美形だ。

「……なあ」

「はい？」

「俺が……かっこいいと思うか？」

「？　ええまあ」

彼はしばし考え込んだあと……ふっ、と笑う。

「そうか」

それだけ言うと、前へと歩きだす。手をつないだままだ。

なんなのだろうか、今の微笑みは。

その後も私たちは当てもなく街をぶらついた。

特に目的もなく、お互いの近況や趣味の話とかをした。

そして夕方。

「あら、もう日が暮れてますね」

「ああ、早いものだな」

屋敷へ帰るため、馬車に向かおうとする。

だが彼が立ち止まる。

「アルセイフ様？」

「……家に帰ると、またあの犬が邪魔してくるな」

「犬って……コッコロちゃんは犬じゃないですってば」

「そんなのはどうでもいい。問題は、家に帰ると、あの犬が邪魔をするということだ」

……いまいち何を言いたいのかがわからないな。

「おい。近くに美味いディナーを出すレストランがある」

「はぁ……。しかし今頃ニコがお夕食の支度をしてると思うのですが」

「……なんだ。俺と二人きりで、ディナーを摂るのは、嫌なのか？」

不機嫌そうに彼がつぶやく。

これは……。

「ディナーのお誘いですか？」

「……まあ、有《あ》り体《てい》に言えば」

なるほどたまには夫婦水入らずで、ディナーをというわけか。

いきなりの心境の変化にびっくりだ。何かあったのだろうか。まあ、いいか。

「いいですよ」

「ほんとかっ？」

弾《はず》んだ声音で彼が言う。

「ええ。案内してください」

「ああ、こっちだ！　ついてこい」

「はいはい」

私たちが到着したのは、街の中心近くのレストランだった。

感じのいい店である。

アルセイフ様はワインを頼んだ。

私たちはワインとディナーを楽しむ。

「どうだ、ここのメシは？」

「ええ、とてもおいしいです」

「そうか。ふっ。当然だ。俺が美味いと認めてるんだからな」

「ナチュラルに偉そうですよね、あなたって」

「フッ……俺は、偉くなんぞない」

おや？　珍しく弱気だ。よく見ると彼の目が据わっている。

……そういえば。アルセイフ様は普段あまりお酒を嗜《たしな》まれない。

もしかして酒に弱いのだろうか？

彼はテーブルに突っ伏す。

「……俺の家は、いや俺は所詮《しょせん》、剣で成り上がった貴族もどきだよ」

「貴族もどきって……そんなことないですよ。立派なお家じゃないですか」

「……フェンリル封印を評価され、爵位を与えられた騎士上がりの貴族もどき。それが俺たちの家だ。所詮、先祖の功績にすがってるだけ……俺の働きは、誰にも評価されてない」

どうやらアルセイフ様は、自らの功績をあまり自覚してないようだ。

フェンリルを封印した初代の恩恵だけで、今まで家を保てていると思ってるのだろう。

もしかしたら、そういう陰口を耳にしたことがあるのかもしれない。

さて、どうしよう。形だけの婚姻関係にある間柄なら、ああそうなんですねと軽く流すこともできる。相手は酔ってるし。

……けれど、今日彼は夫婦らしいことを、自分の意志でやってくれた。

この人も、まあ私のことは嫌ってるようではあるけれど、妻として接するように努力してくれているのだとわかった。

もう、ただの他人じゃない。私たちは結ばれる仲なのだ。

ならば、伴侶《はんりょ》となるべき存在が、弱ってる夫にするべきことを、してあげよう。

「そんなことないですよ」

私は彼の肩を揺する。

「あなたは立派に騎士をしてらっしゃいます。聞きましたよ？　この間、ゴブリンを一〇〇体、一瞬で倒したんですってね」

彼が赤い顔をして、ちらっと私を見上げる。

「街の人が言ってました。街を守ってくれた、あなたはすごい人だって。みんな認めてますよ」

「……でも、冷酷なる氷帝ってみんな言う」

「それはあなたの態度が原因です。せっかく立てた武勲《ぶくん》も、あなたの言動のせいで台無しですよ。もうちょっと人に優しくしてみたらどうですか？」

アルセルフ様は私をジッと見つめたあと……。

「……善処する」

と言って、そのまま眠ってしまった。

やれやれ、どうすればいいんだこれは。

「ほら、帰りますよ。立ってください」

ふらふらの彼の腕を取って、私は歩き出す。だが彼はこっちにしなだれかかってくる。

お、重い……。

「起きてくださいってば、起きて！」

「……無理。寝る」

「こ、こら……もう……はぁ」

しょうがない。近くで宿でも取ろう。私は彼に肩を貸しながら歩く。

都合のいいことにレストランの近くに宿屋があった。

たぶんアルセイフ様と同様、あそこのレストランで酔い潰れた客を相手に商売しているのだろう。

商魂たくましいな。

私は部屋を取って中に入る。

二つあるベッドのうち、一つに、彼を寝かせる。

「やれやれ……疲れましたよ……」

私は自分のベッドへ向かおうとする。

「え？」

ぐいっ。

どさっ。

「え？」

……気づけば、私はアルセイフ様の胸の中にいた。

「あ、アルセイフ様……？」

無意識なのか、彼は私を放そうとしない。

「……フェリ」

「あ、はい。なんでしょう？」

彼は私をぎゅっと抱きしめたまま、つぶやく。

「……おまえは、誰にも渡さん」

……それだけ言って、彼は寝息を立ててしまった。

どうとしても、彼は私を放してくれない。

抱擁《ほうよう》を解いてくれない。

「まったく……正式に婚姻を結ぶ前の男女が、同衾《どうきん》してはいけないんですよ？」

私は彼の髪をなでる。

さらさらしてて、いい手触りだ。悪くない。

「今日は楽しかったです、アルセイフ……アル様」

彼が小さく、笑ったように、そう感じたのだった。

四章

●フェリア side

アルセイフ様と一夜をともに過ごした翌日。

私たちは宿の食堂で、朝食を摂《と》っていた。

「…………」

アルセイフ様は朝からずっと黙っている。黙々と食事をしていた。

相変わらず何を考えてるのかわからない。そして私のほうはどう思ってるんだろう。

彼と同じベッドに寝て、何か彼への心境が劇的に変わったか？　否《いな》である。

ただ彼がフェリと呼んでくれたのは、少しうれしかった気がする。

凶暴な犬が懐《なつ》いてくれたみたいな、あんな感じ。

「おい」

「はい」

「塩取ってくれ」

あれ？　結局フェリ呼びはしてくれないのか。

昨日は、アルセイフ様も酔っていたしな。その勢いでそう呼んでくれていたのだろう。

少しがっかりだ。そうかな、そうかも。わからないな。

私たちは食事を摂ったあと、屋敷へと戻ってくる。

『フェリーーーーーーーーーーーーーー！』

馬車から降りると、神獣コッコロちゃんが、犬の姿でダッシュしてきた。

私に飛びついて、不安げな瞳を向けてくる。

『もー！　心配したよー！　昨日帰ってこないんだもん！　あの駄犬にひどいことされてんじゃないかって、気が気でなかったよぉう！』

べろべろ、とコッコロちゃんが私の頬をなめる。

「遅くなってごめんなさいね。でも別にひどいことなんてされてませんから、ね？」

アルセイフ様が「ふん……」とそっぽを向く。

本当に仲が悪いんだな、この子ら。

『むむむ……！』

コッコロちゃんが私と、そしてアルセイフ様を見やる。

その後、私の首筋に鼻を当てて、すんすん、と匂いを嗅《か》ぐ。

『!?』

くわ、とコッコロちゃんが目をむく。

「どうしました？」

『……あの男の匂い。これは……まさか……』

何ごとかコッコロちゃんがつぶやく。どうしたんだろうか。

「おい、俺は仕事へ行くぞ」

「あ、はい。あ、そうだお弁当」

「今日はいい。おまえも帰ってきたばかりだからな」

「えと……お気遣《きづか》いどうもありがとうございます」

彼はそれだけ言うと、着替えに、自分の部屋へと戻っていく。

弁当今すぐ作れ、みたいなことを言ってくると思っていたのだが、どうしちゃったんだろうか。

『……やっぱり、そうだ……あの男と……駄目だ……このままじゃ……とられちゃう……駄目だ……フェリは……ボクの……』

コッコロちゃんもコッコロちゃんで、なんだかブツブツ言ってるし……。

アルセイフ様もこの子も、どうしちゃったんだろうか。

◆

湯浴《ゆあ》みして、私は自分の部屋へ戻ってきた。

昨晩は結局お風呂に入れなかったからである。

「ふぅ……さっぱりした」

すると、侍女《じじょ》のニコが心配そうに聞いてくる。

彼女は私の長い髪の毛をとかしてくれている。

「フェリさま……昨日はその、大丈夫でした？」

「大丈夫って？」

「だからその……冷酷なる氷帝さまと、一夜をともにしたのでしょう？」

「言い方。しょうがないのよ、彼が酔い潰《つぶ》れてしまったから」

ニコから話を聞いたところ、どうやら私と彼が外泊したことが、屋敷中に伝わっているらしい。

そこで私が彼に無理矢理関係を迫られて……閨《ねや》をともにした、みたいな根も葉もない噂が流れてるそうだ。

「別に無理矢理なんてされてません」

「で、では和姦……あいたっ」

私はおませな侍女の額《ひたい》をつつく。

「一緒のベッドで寝ただけ」

「ほらぁ……！」

「だからやましいことは一切してないわ。彼って結構紳士なのよ」

まあ紳士も何も、昨夜は彼、熟睡してたしな。

「……フェリさま、なーんか態度が柔らかくなってないです？　あの人に対して」

じーっ、とニコが疑いのまなざしを向けてくる。

「そう？」

「そうですよ！　前はもっと嫌い嫌いビーム出てたじゃあないですか！」

「別に前から嫌いではなかったわ。特段好きでもなかったけれどね」

「じゃあ、今はどう思ってるんです？」

……今は、彼に対してどう思ってるか？

改めて聞かれると、答えに困る。

私は彼をどう思ってるのだろう。

彼は、私をどう思ってるだろう。

ただ一つ、確信を持って言えることは……。

「噂は当てにならないってことね」

恐ろしげな噂が世に出回っている彼だけど、実際に一緒に暮らしていると、わかる。

別に彼は悪い人じゃないってこと。

口と態度は最悪だけれども。ガキかって、何度も思うことはあるけど。

でも年齢的にも精神的にも、まだまだ子供なんだと思えば、許容できる。

「フェリさまは……すごいです」

ニコが感心したようにうなずく。

「あんな人の妻でいられるの、すごすぎます。あたしだったら、あーんな口も態度も悪い、おっそろしい人となんて、一日だって妻になれませんよ！」

「駄目よニコ。あなたはアルセイフ様に雇われている身なのだから、悪口を言ってはいけません」

「うう……ごめんなさい」

髪の毛を乾かし終えた。

ニコの頭をポンポンとなでる。

「ありがとう。私は少し寝るわね」

「お昼寝ですか？」

「ええ。昨日はちょっとあんまり眠れなかったモノだから」

昨夜は一晩中、彼が私に抱きついていた。

ぎゅーっ、と強く抱きしめるモノだから……。

「ドキドキして眠れなかったんですか!?」

ずいっと身を乗り出して、どこかわくわくした表情のニコ。

「いえ、普通に寝苦しくて、眠れなかっただけよ」

「ですよねー……」

ニコががっかり、とばかりに肩を落とす。何を期待したのだろうか。

「なーんだ、フェリさまが人並みに、恋する乙女のように、ドキドキするのを期待してたんですがー」

「恋する乙女、ねえ……」

思えば今日まで、恋というモノを知らずに育ってきた。

ドキドキする……夢中になる……恋愛小説の中ではよく見かけるフレーズ。

私は彼と一緒に寝て、ドキドキ……はしなかったな。

彼はどう思ってるだろう。ドキドキしていたのだろうか。

「フェリさまが男の人にドキドキしてるとこって想像できませんね。そういえば学校にいたときも、浮いた話を聞いたことないですし」

「まあ、学校には勉強しに行ってたわけだからね」

「あ！　あの人は？　学校の教授！　たしかそう……サバリスさま！」

ニコの言うサバリス様とは、魔法学校時代にお世話になった教授のことだ。

五つ年上で、若くして教授職に就《つ》いた、天才魔法使いである。

「サバリスさまといい雰囲気だったじゃないですかー？　あのときもドキドキはしなかったのです？」

「あのねえ……。サバリス教授と私は、ただの教師と生徒よ？」

「でも向こうはかーなり、フェリさまにご執心《しゅうしん》だったと思いますよ！」

「そう？」

「そうです！　だっていっつも楽しそうに話してたじゃないですか」

「あれは学問についてのやり取りであって、別にそういう浮ついた話じゃないのよ」

「えー……ほんとうにぃ？」

「ええ。本当に」

サバリス教授は単に、苦学生である私に同情して、気を遣《つか》ってくれてただけだ。

「でもよくお茶に連れてってもらったり、ランチをごちそうになってたじゃないですか」

「教授は生徒思いの優しい人なのよ。経済的な余裕がない私のために、やってくれてただけ」

「…………」

じとーっ、とニコが私を見てくる。

「フェリさまって……もしかして天然の男たらしでは？」

何を言ってるんだろうか、この子は？

何が天然の男たらしだ、まったくもう。

◆

ある日のこと。

アルセイフ様がお弁当をお忘れになられたので、私は王城まで、弁当を届けに行くことにした。

「はえー……。あたし王城って初めて来ますが、大きいですねぇ……！」

侍女のニコが城を見上げて言う。

確かに大きく、また立派な構えのお城だ。

私は入り口の衛兵さんに声をかける。

「あの、すみません。夫にお弁当を届けに来たのですが」

衛兵さんはにこやかに対応してくれる。

「夫とは、どなたでしょうか？」

「アルセイフ＝フォン＝レイホワイトです。私は彼の妻です」

「なっ!?　あ、アルセイフ様の!?　奥様!?」

「え、あ、はい。そうです」

衛兵さんが私を、しげしげと眺める。

「このお方が、あの」

「あの？　とは、どの？」

「あ、いえ……お噂はかねがね」

衛兵さんが気まずそうに顔を逸《そ》らす。

なんだか私に憐憫《れんびん》？　の情のようなものを、向けている気がした。

可哀想なモノを見る目だった。

たぶん、夫にひどい目に遭《あ》わされてるとかなんとか、思われてるのだろう。

そんな人じゃないいんだけどな。

「夫のもとへ連れてってくださいます？」

「あ、はい！　それはもちろん。ささ、どうぞ」

衛兵さんが私とニコを連れて城を案内してくれる。

どうやら彼は騎士団の詰め所とやらにいるらしい。

「しかし奥様、大変でしょう」

「大変とは？」

衛兵さんは歩きながら私に話しかけてくる。

「冷酷なる氷帝様のお相手をするなんて、さぞお辛《つら》いかと」

……ああ、やはりか。彼は周りからあまりよく思われていない。

この衛兵さんも、勘違いしてるのだろう。

彼が恐ろしい人物であると。

私が彼に虐《しいた》げられていると。

「お言葉ですが、私は……」

と、そのときだった。

「お姉様じゃなぁーーーーーーーーーーーーーーい？」

キンキン、と甲高《かんだか》い声が廊下に響き渡る。

……この、聞いてるだけでナチュラルに人を不愉快にさせる、声は。

屋敷の中にいる間、聞きたくもないのに、聞こえてきた……。

人を小馬鹿にするような声は……。

「セレスティア……」

セレスティア＝フォン＝カーライル。

私の義理の妹だ。

顔立ちはそこそこ整っている。

髪の毛は金色。なんか無駄に巻いたり、アクセサリーを付けたりしている。

ニコは妹を見た瞬間「うげ……」と淑女《しゅくじょ》らしからぬ声を出した。

私はこらえたが、ニコと同じ感想を抱く。

嫌なやつに会ってしまったと。

「お姉様じゃないのぉ。まだ生きてらしたの？　とーっくに冷酷なる氷帝のお腹《なか》の中と思ってたんですけどねぇ～？」

……まあ、こういう子なのである。

息をするように人を見下す、いじわる、わがまま……とまあ。そんな子。

「ええ、セレスティア。見ての通り、達者にしてますよ」

「あーらざーんねーん。我が家の面汚《つらよご》しはさっさと氷帝に食われてしまえばいいのにー」

本当に公爵令嬢なのだろうか、この子は。

まあ父がだいぶ甘やかしていたし、貴族としてのマナー等は身につけてないのだ。

こんな礼儀知らずに腹を立てたり、心を乱されたりするのは馬鹿らしい。

「では、失礼しますね」

「ちょちょちょちょーっと待ちなさいよ。せっかくの姉妹の感動の再会なのですから、少し話していきましょーよ？」

感動の再会だなんて微塵《みじん》も思ってないので、さっさとこの場を去りたい。

「そうしたいのは山々ですが、夫に弁当を届けなくちゃいけないので」

「弁当ぉ……？　ぷっ……弁当？　へえ～～～～～弁当なんて作ってるんだぁ～」

完全にこちらを馬鹿にしにきている。

弁当を作ることと、見下すことに何が繋がるというのだろう。

あとニコが犬みたいに「がぅうう……」と吠《ほ》えていたので手で制しておいた。

「何か、おかしなことでも？」

「べっつにぃ～？　ただぁ……騎士爵ってお金ないんだなぁっておもってぇ～？」

一般的に騎士爵は、五等爵より下とされている（男爵の下）。

爵位によって領地の大きさが異なり、そうなると収入も変わってくる。

公爵家は大きな領地を持っていたので裕福だった。

……ああ、だから、騎士爵に嫁《とつ》いだ私が、貧乏だって言いたいのか。

相変わらず、姉に対してマウント取りたがる子だな。子供か。

「セレスティア。発言には気をつけなさい。あなたも貴族の娘なら、他家の悪口は控えた方がいいですよ」

「ふん！　うっさいのよ！　哀れんでやってるのに、何その態度」

哀れんでやってるって……。

何様だ、この子は。

「愚かなる姉様は知らないようですから、教えて差し上げますけどぉ。実はわたしぃ、このたび婚約することになりましてぇ」

「え？　嘘」

こんな性格がゴミ……おっといけない。

性格が破綻《はたん》してるような子を、娶《めと》ってくれる寛大な人がいるなんて……。

悔しがっていると勘違いしてるのか、勝ち誇った笑みを浮かべながら、セレスティアが続ける。

「ほーんとよぉ！　相手はなんと……！　この国の王子！　はっはーん！　どぉおお？　ね、どぉ？　ねえねえ、悔しい？　そっちは騎士爵風情《ふぜい》でぇ？　こっちは王族よ王族ぅ！　姉様よりわたしのほうが上ぇ！」

……はぁ。

まったく、この子は。昔から何も進歩してない。

というか、騎士爵を馬鹿にしちゃイケナイって注意したのに、もう忘れているし。

しかし王族か。まあ家柄はいいし、変な野心を抱かない（野心を抱けるほど頭がよくない）女だから、都合がいいのだろう。

「おめでとう、セレスティア。よかったわね」

くしゃり、と妹が不愉快そうに顔をゆがめる。

「何それ？　馬鹿にしてるの？」

本当にこの子との会話は疲れる。論理性が皆無だ。

「どこに馬鹿にする要素があるんです？」

「王族と結婚するのよ？　もっと悔しがりなさいよ！　なのに何その態度、馬鹿にしてんでしょ!?」

……もう支離滅裂《しりめつれつ》だ。

「未来の王妃になんたる不敬な！　不敬罪で打ち首よ打ち首！」

「王妃って。あなた結婚するのは王太子じゃないのでしょう？　王妃にはなれませんよ……」

「うるさい！　黙れこの……！」

妹が手を上げようとした、そのときだ。

「おい」

後ろから、セレスティアの手をがしっと……【彼】がつかむ。

「何すんの……よ!?　あ、ああ……れ、冷酷なる……氷帝ぃ!?」

アルセイフ様が、セレスティアの手をつかんで止めていたのだ。

その翡翠《ひすい》の瞳が、不愉快そうにゆがむ。

あ、これは怒ってる。

「貴様……俺の女に手を上げようとしたな」

ぴき……ぴきぴき……とアルセイフ様が触っている部分から、氷結していく。

「ひぃいいいいい！　殺されるぅうううううううう！」

「謝れ。俺の女に、手を上げようとしたことを。さもなくば……」

ぴきぱき……と手が凍りついていく。

「ご、ごめんなさい！　ごめんなさい姉様ぁ！」

「アルセイフ様。もうおやめください」

ぱっ……と彼が手を放す。

氷が溶けていく。よかった、凍傷にはなってないようだ。

「お、覚えてなさいよ！　王子様に言いつけてやるんだからぁ……！」

捨て台詞《ぜりふ》を吐いて彼女が去っていく。

三文芝居のチンピラみたいなセリフだな。仮にも公爵令嬢だというのに、やれやれ。

「大丈夫か？」

アルセイフ様がずいっと近づいて、私のことをまじまじと見やる。

「ええ、おかげさまで。ありがとうございます」

「うむ……まあ、無事ならそれでいい」

こほん、とアルセイフ様が咳払《せきばら》いをする。

「どうした、おまえ？　こんなところに」

「あなたにお弁当を。それと……アルセイフ様、こんなところとは、駄目ですよ。王の城なのですから」

「うむ……そうだったな。気をつけよう」

……あれ？　またやけに素直だな。

「はいこれお弁当。こちらは焼き菓子、部下の皆さんでお召し上がりください」

じっ……と彼が私を見つめてくる。

「どうしました？」

アルセイフ様があちこち目線を泳がせたあと、再びこほんと咳払いをして、こんなことを言う。

「いや……その……なんだ。もう昼時間だから、その……一緒に、昼でも食ってかないか？」

◆

私は夫のアルセイフ様に、お弁当を届けに、王城へとやってきた。

ちょうどお昼時間ということで、彼に昼食に誘われた次第。

私は夫の後ろについて、食堂へと向かう。

「……レイホワイト卿《きょう》だ」「……後ろの女性は誰だ？」「……アルセイフ様の奥様だそうだ」

ひそひそ、と道行く騎士のみなさんや、宮廷でお仕事をしている人たちが、私を見て言う。

衛兵さんと同じ反応だ。どうやら私の存在は噂になっているらしい。

「……冷酷なる氷帝の妻か」「……かわいそうに」「……きっと毎晩ひどい目に遭ってるんだろうな」

世間の彼に対する印象というのは、そうそう、変わるものではない。

悪評というのは広まりやすく、また、消えにくいものだろうし。

「おい」

アルセイフ様は立ち止まると、噂話をしていた彼らをにらみつける。

「俺の女に何か言いたいことがあるのか？」

ぎろりとにらみつけて、彼らに言う。

「言いたいことがあるのなら直接言え。聞いてやる」

誰もがうつむいたり、目線を逸《そ》らしたりする。

一方で彼はフンッと鼻を鳴らすと、先へ進んでいく。

「……すまんな、俺のせいで」

本当に小さな声で、アルセイフ様が謝る。

「別に謝ることではないでしょう。私は気にしてませんし」

「しかしだな……」

「いいんですって。ほら、いきましょう」

「ああ……」

しかし、アルセイフ様が私に気を遣ってくれるとは。

出会った当初から比べると、格段の進歩ではなかろうか。

ふふ、本当にコッコロちゃんみたいだ。

出会ってすぐはつんけんしてたのに、少しずつ懐《なつ》いてくれたんだよな。

「どうした？」

「二号も順調に懐いてくれてるなと」

アルセイフ様が首をかしげるも、特に気にする様子はなかった。

ほどなくして、私たちは食堂へと到着する。

「意外と大きいですね」

「ああ。宮廷で働くやつら全員向けの食堂だからな」

魔法学校の食堂よりも広い。

長いテーブルがいくつも並んでいる。観葉植物なんかも置いてあっておしゃれだ。

「でも席が満杯ですね」

「問題ない」

どういうことだろう？

すたすた、とアルセイフ様が近くの席へ向かうと……。

ざざざっ、と座っていた人たちがいなくなる。

「ほらな」

「……あなたも苦労なさってるんですね」

冷酷なる氷帝の悪評のせいで、みんなに避けられてしまうらしい。

夫は、職場で上手《うま》くやれてるだろうか。馴染《なじ》めてるだろうか。

「ニコ、何かお料理を買ってきてちょうだい」

「かしこまりましたー！」

侍女のニコはうなずくと、受付へと走っていく。

残されたのは私とアルセイフ様だけ。

「どうぞお先にお召し上がりください」

「いや、おまえの料理が来てから、一緒に食べよう」

「そうですか」

しかし変われば変わるものだなと改めて思う。

前は私に興味も関心も抱いていなかった。

食事だって、夫婦だから仕方なく一緒に摂《と》るという感じだったのだが。

今ではこうして、一緒に食べようとしてくれている。

彼はようやく、自分の夫としての立場を自覚したのだろうか。

私の歩み寄る努力が実ったのなら、うれしい限りだ。

と、そのときだった。

「あれ？　副団長！　ここにいたんですかー！」

オレンジ色の髪の、若い男の子が、笑顔でこちらに近づいてくる。

あら、珍しい。

ほかのみなさんはアルセイフ様を怖がって近づかないというのに。

もしかして……。

「部下のかたでしょうか？」

「はいっす！　ハーレイって言います！　そういうあなたは……？」

部下の子だったか。挨拶《あいさつ》しないと。

私は立ち上がって、貴族式のお辞儀をする。

「はじめまして。アルセイフの妻、フェリアと申します」

「やっぱり！」

ハーレイさんは私に、なぜか笑顔を向けてくる。

初対面のはずだが……。

「いつもお弁当におやつ、ありがとうございます！　おいしくいただいています！」

そういえば部下の人たち用に、お弁当を多目に、おやつは毎日渡していた。

なるほど、その関係で、彼は私を認知していたのか。

「いえいえ、あんな粗末なものを食べさせて申し訳ない」

「粗末なものなんてとんでもない！　いつもほんっとに美味《おい》しく食べさせてもらってます！　お金払ってもいいくらいです！」

「まあ、お上手ですね」

すると、ごほん、とアルセイフ様が咳払いをする。

「ハーレイ。俺になんか用か？　用事がないなら帰れ」

「あなたってば……もう。すみません、きつい言い方して」

「いえ！　慣れてるっすから平気です！　あ、副団長、おれも昼飯同席していいっすか？」

おやまあ、なんとコミュニケーション力の高い子だろう。

「駄目だ」

とアルセイフ様が断る。

「せっかく部下が誘ってくれてるんですから、同席くらい許したらどうです？」

「……仕方ない。許す」

ハーレイさんが笑顔で、私の隣に座る。

「おい、ハーレイ。なぜ隣に座る？」

「え、だって空いてましたし」

「距離が近い。一席分空けろ」

ハーレイさんはアルセイフ様を見て、目を丸くする。

だがにまーっと笑う。

「了解っす！」

言われた通り一席分くらい空けて座るハーレイさん。

そこへ、ニコが料理を持ってやってくる。

ニコも交えて四人で食事をする。

「いやぁ、それにしても副団長！　奥様すっごい美人じゃないですか！」

ハーレイさんがニコニコしながら言ってくる。

彼はまあ、別になんとも思わないだろうけど。

「ふん、そうだろう？」

おっとまんざらでもない様子。

彼も妻を褒《ほ》められて喜ぶ、なんて俗なことするんだな。

「いや本当に綺麗ですねぇ」

「ありがとう、お世辞でもうれしいですわ」

「そんな！　お世辞じゃないですって！　確か公爵家のご令嬢でしょう？　お美しくて、気品に溢《あふ》れ、しかも料理もお上手だなんて！」

「まあ、あなたも随分《ずいぶん》とお上手ですこと」

ストレートに褒められたのなんて、いつぶりだろうか。

これで独身だったら心をときめかせていただろうけれど。

でも既婚者だし、上司の妻ってことで、向こうもお世辞を言ってるのはわかるから、あんまり喜べないな。

まあでも、悪い気はしない。

「おい」

じろり、と彼が部下であるハーレイんさんをにらみつける。

「俺の女に粉をかけるのはやめろ」

「え!?」

ハーレイさんが驚愕《きょうがく》の表情になる。

「はー……なるほど。副団長、まさか嫉妬なされるなんて、驚きです！」

「「は？」」

私も彼も、驚きを禁じ得ない。

え、だってそうでしょう？

この人がですよ、嫉妬？　あり得ないでしょ。

「…………」

あ、あれ？　彼も黙ってしまったし……え、本当に嫉妬しているの？

「わかります。こんなにもお美しく、気立てのいい奥様なのです。他の男に取られてしまわないか、とても心配なのでしょう」

「いや、まさか……ねえ？」

この人がそんな感情を、私に持ち合わせてるなんて思えない……。

「おい、ハーレイ」

「はいはいなんすか？」

「残りは、やる」

ずい、と食べていたお弁当をハーレイさんに押しつける。

「おい、いくぞ」

「え、あ、ちょっと」

彼が私の手を引いて立ち上がる。

ニコが慌《あわ》ててついてくる。

「帰るぞ」

「あ、え、でもお料理が……」

「あ、自分が片付けておくんで、お気になさらずー」

ハーレイさんが笑顔で手を振ってくる。

夫は私の手を引いて、食堂から……というか、ハーレイさんから遠ざけようとする。

ずんずんと、勝手に進んでいく。

「あの、痛いんですけど」

「ああ、すまん……」

ぱっ、と彼が私の手を放した。

最近なんか変だったが、今日のこれは輪をかけておかしかった。

普通に痛かったし、思わず不機嫌さを前に出してしまう。

「まったく、なんなんですか？　急に立ち上がって。食事の最中に退席するなんて、マナー違反ですよ？」

「そうだな。すまん……」

……なんだか、妙だ。素直というか……。

さっきの嫉妬の話に対しても、否定しなかったし……。

「馬車まで送る」

「あ、はい」

彼が前を進んでいく。

何も、語ろうとしない。

なんだろう、彼は何を思って、こんな行動をとったのだろう。

「……ほんと、焼きもちをやいてくださったんですか？」

まさかとは思って聞いてみる。

「……俺以外の男と、あまり楽しくしゃべるな」

おや、まあ。これは、やはり焼きもちをやいてくれたみたいだ。

ふふ、なんだ、可愛いところあるじゃないか。

「き、貴様なぜ笑う!?」

アルセイフ様が顔を赤くして声を荒らげる。

「いえ、ただ、お可愛いこと、と思ったまで」

「馬鹿にしてるだろう!?」

「いえそんなまさか」

「くそ！　にやけ面《づら》しよって！」

馬車乗り場へとやってきた。

彼が私をチラチラ見てくる。

「どうしたんです？」

「……ハーレイは、俺の部下だ」

「わかってますって。心配なさらずとも、彼とどうこうするつもりはないですし、色目を使う気もないですよ」

「ほんとうに？　ほんとうか？」

「はい。私はあなたの、冷酷なる氷帝の妻ですからね」

ほかの男に目移りなんてするわけがない。

私はもう彼の家に嫁《とつ》いだのだから。

「そうか。ふふ、そうかそうか。それでいい」

彼は機嫌がよさそうだ。

なんという、単純さだろう。

こんなにも可愛いのに、周りはなぜ彼を怖がるのだろうか。

「安心しましたよ。あなた、部下とは上手くやれてるんですね」

「おまえのおかげだ」

「私の？」

「ああ。料理や菓子のおかげで、コミュニケーションが取れている」

彼はまっすぐに私を見て、小さく微笑む。

「いつも、すまんな」

……ちゃんと、彼は私の料理とかお菓子に、感謝してくれてたんだな。

それが知れて、うん、うれしかった。

「お気になさらず、好きでやってることですから」

私もまた微笑み返すと、彼は顔をちょっと赤くして、そっぽを向く。

「だ、だがあまり美味《うま》すぎるものを作るのは駄目だ。俺以外のやつらが、貴様を狙うかもしれん」

「まさか。私は人妻ですよ？」

「そういう特殊な趣味嗜好《しこう》を持つ輩《やから》がいるからな」

「特殊って。ひどいですよ」

……あれ？

なんだか私、彼と普通に、和《なご》やかに話せてる？

なんか、普通の夫婦みたいに、なってきてる……？

●アルセイフ side

妻フェリアを馬車まで送り届けたあと……。

アルセイフは詰め所へと戻る。

「…………」

隣に妻がいないことに物足りなさを覚える。

彼女がそばにいるだけで心穏やかになるのはどうしてだろう。

「あ、副団長」

「……ハーレイ」

部下の騎士ハーレイが、笑顔で近づいてくる。

オレンジ色の髪の毛に、少し幼い顔つき。

背がそんなに高くなく、ともすれば女に見えなくもない。

……だが、モテる。かなりモテるのを知っている。

女の部下が言っていたが、こういうのが庇護欲《ひごよく》をそそられていい、とのことだった。

アルセイフには理解できない概念だ。

男とは女を守るモノではないか。

ああでも……フェリアはどう思ってるのだろうか。

こういう男の方がいいのだろうか。

「ふくだんちょー？」

「……なんでもない。午後は見回りだ」

「りょーかいっす」

王国騎士の組織は六つの団に別れている。

それぞれ名称は、
赤の剣。青の槍《やり》。黒の斧《おの》。

緑の盾《たて》。黄の弓。白の杖《つえ》。

騎士たちは各団に所属し、グループで動くことになっていた。

アルセイフたちが配属されているのは【赤の剣】。

主《おも》に外敵と戦うのが任務である。

団長は滅多《めった》に表に出ない。

現場に出て指揮を執《と》るのは、副団長であるアルセイフの役割だ。

アルセイフは部下たちを連れて城の外に出る。

王都の近辺にはモンスターが出没しやすいポイントがいくつもあり、今日はそこを巡回する。

二人一組で散らばって動く。

アルセイフも同様、指揮だけでなく現場で剣を取る。

相方はハーレイ。

彼は体が小さいものの、素早い動きを得意としており、敵の撃破数は意外と多い。

王都近隣の森で白狼を発見。

Dランクモンスターを、ハーレイが華麗に倒してみせる。

「…………」

その流麗な戦い方に、惚《ほ》れる女も多いという。

なるほど確かに余裕の笑みを浮かべながら、素早い動きで敵を圧倒する様は、かっこいいと思わなくもない。

フェリアも、ああいうのがいいのだろうか……。

「副団長、終わりました」

「……ああ、ご苦労」

自分が出る幕もなく戦闘が終了。

剣を納めたハーレイが近づいてくる。

次のポイントへと移動する。

「…………」

肩を並べて歩いてみると、ハーレイはやはり小柄だ。

しかしフェリアとちょうど、同じくらいか。

これくらいの身長同士のほうが話しやすいのかもしれない。

彼女はいつも自分と話すとき、上を向いて話している。

首が疲れないだろうか。

「もしかして、奥様のことを考えていたのですか？」

ハーレイの発言に、どきりとさせられる。

「貴様に関係ない」

「早口になってますけど？」

「うるさい」

くつくつ、とハーレイが笑う。

「奥様、お綺麗ですね。頭よさそうで、気立てもいい。いやぁ、本当にいいお人だ」

「ふふん、だろう？」

妻を褒められるとすごいうれしい。

ふ、そうだろうそうだろう、とうなずく。

「あいつはなかなか教養もあるやつなのだ。政治や経済の話にもついてこれる」

「へえ……！　それはすごい」

「ふふ、そうだろう？　しかも氷使いとしても一流なのだ」

聞かれてもいないのに、フェリアのいいところをあげまくる。

その都度この部下は、すごいすごいと褒めてくれるので気分がいい。

「奥様のことが本当に好きなのですねぇ」

……ふと、ハーレイがなんとなしにそう言う。

「……好き？」

彼の発言がひっかかり、アルセイフは立ち止まってしまう。

「どうしました？」

「……ハーレイよ」

「はい」

「俺は、フェリアのことが好きなのだろうか」

「は？」

ぽかーん……とハーレイが口と目を大きく開く。

「え？　何言ってるんですか？　どう見ても、ベタ惚《ぼ》れしてるじゃないですか？」

「誰が、誰に？」

「副団長が、奥様に」

「まさか……」

驚愕の事実だった。

そんなアルセイフの顔を見て、ハーレイが苦笑する。

「副団長、もしかして女性と付き合ったことないんですか？」

「……だからどうした」

今までだったらそんなこと、何も気にしなかった。だが今は苛立《いらだ》ちを覚えていた。

恋愛ごとにおいて、部下に負けた。そのことが悔しかった。

女の扱いが下手《へた》と言われてるようだったから。

少なくとも、フェリアにはそう思われたくない、絶対に。

「なるほど道理で……」

くつくつと笑うハーレイが妙にむかついた。

なんだその上から目線は。自分は上司だぞ。

「ああ、失礼しました。別に馬鹿にしたわけではなく、なんだか微笑ましくて」

「貴様やはり馬鹿にしてるではないか」

「いえいえ、そんなことは決して。あ、敵です。ちょっと倒してきますね」

進んだ先の茂みから、また白狼が顔を覗《のぞ》かせていた。

「貴様は下がってろ。俺がやる」

アルセイフは腰の剣を抜いて、魔眼の魔力を刃《やいば》に宿す。

ひゅっ……と一振りする。

白狼を中心として、周辺数メートルに、氷の塊《かたまり》が一瞬で出来上がる。

……よく見ると白狼の周囲には、複数の同型モンスターが構えていた。

「ははぁ……なるほど。おとりだったのですね、あの狼は」

「そうだ。あいつにかまっている間に、仲間が襲うつもりだったのだろう」

「さすが副団長、お強いだけでなく視野もお広いですね」

剣を鞘《さや》に戻すと同時に白狼の群れが砕け散る。

「………………」

戦いを終えて、アルセイフはふと考える。

フェリアは今の戦いを見たら、どう言ってくれるだろうか。

ハーレイと比べて、自分の戦い方は【即時殲滅《せんめつ》】。

敵を見かけた瞬間に、殲滅させるのが基本スタイルだ。

華なんてありはしない。

……やはりハーレイの戦い方のほうがいいだろうか。

「何か考え事です？」

ハーレイが覗き込んでくる。

「……なぜ、貴様もわかる」

フェリアもこちらが考え事（だいたいフェリアのこと）していると、指摘されてしまう。

「副団長はわかりやすいので」

「……そうか」

そうだろうか。いや、二人が言うのならそうなのだろう。

「何を考えてたのですか……といっても、たぶん奥様のことですね」

「……貴様、読心術の覚えでもあるのか？」

本当にびっくりした。

「いえいえまさか」

「……戦い方についてだ。俺はどうにも敵を一瞬で片付けてしまい、華がない。貴様のように華のある戦い方をしたほうがいいか、と思ったまでだ」

きょとん……とハーレイが目を点にする。

そして……。

「あーーーはっはっはっは！」

「き、貴様！　何がオカシイ!?」

「あー、いえ……はは。うん、副団長」

「なんだっ！」

ハーレイは笑顔で、こう言う。

「あなた、やっぱり奥様のこと、大好きじゃあないですか」

……愕然《がくぜん》とする。

今のどこが、フェリアのことを好きにつながるというのか。

「どういうことだ？」

「恋愛偏差値低すぎません？」

「やかましい。解説しろ」

はいはい、とハーレイが続ける。

思えば皆が冷酷なる氷帝と畏怖《いふ》する中で、ハーレイは最初から、全く怖がっていなかったなとふと思い出した。

「副団長は奥様のこと、ずーっと考えてるでしょう、最近」

「そうだな」

「どうしたら彼女が喜んでくれるだろうかって、考えてますよね？」

「最近は多いな」

「彼女が笑うと心がぽかぽかしません？　彼女に嫌われたらと思うと不安になりませんか」

「その通りだな」

うん、とハーレイがうなずく。

「それです」

「どれだ？」

「今言ったのはですね、世間一般に、その女性に恋してるときに、男がなる現象です」

……なんと、そうだったのか。

「知らなかった……」

「副団長って恋愛小説とか……読みませんよね」

「剣術の指南書《しなんしょ》なら」

「そういうのじゃなくてですね。はぁ……やれやれ、これは奥様も大変だ」

ふぅ、と肩をすくめるハーレイ。

ともすれば無礼な態度に映るだろうが、そんなのはどうでもよかった。

「なぁハーレイ。俺はフェリアのことが好きなのか？」

「ええ、もう、すんごい好きですよ」

「……しかし、いまいち確信が……」

ハーレイはこんなことを言う。

「副団長、目を閉じてください」

「……なんだ藪《やぶ》から棒に」

「いいからほら」

言われた通りにアルセイフは目を閉じる。

「目の前に奥様がいます」

「いないぞ」

「想像！　イメージ！」

「はじめからそう言え」

アルセイフは目を閉じて、闇の中にフェリアを想像する。

「奥様が微笑んでいるところをイメージしてください」

「…………」

首を傾け、こっちをまっすぐに見てくる。

微笑みかけてくる彼女を見ていると……心臓が高鳴る。

「どきどきしません？」

「……するな」

「では次に、奥様があなたにこう言いました。【好き】と」

……その瞬間、どくんっ！　と強く心臓が高鳴った。

どきどき……どきどき……と心臓がさっきよりも早鐘を打ち、顔が熱い。

「はい目開けてくださーい」

うっすらと目を開けると、鏡を持ったハーレイがいた。

どうやら身嗜《みだしな》み用の小さな鏡のようだ。

「副団長、ご自分の顔、どうなってます？」

言うまでもない、真っ赤だった。

耳の先まで、赤く染まっていた。

「はい、わかりましたね？　想像で好きって言われただけで、これだけ照れてしまうんです」

鏡をしまって、ハーレイがにこりと笑う。

「あなたはフェリア様のことが、大好きなんですよ」

アルセイフは彼から目線を逸らす。首をかしげ、考える。

俺が、好き？

フェリアのことが……好き？

……だが、そう言われると、すごくしっくりくる部分もある。

朝、彼女を見ると、一日頑張ろうって気になる。

昼、彼女の作ってくれた弁当を食べると、午後も仕事に気合いが入る。

夜、仕事を終えて家に帰ると……、フェリアが出迎えてくれる。

お帰りなさいと彼女が言う……。

そのときの笑顔が素敵で……。

「ああ、そうか……」

やっと、ようやく、アルセイフは答えにたどり着いた。

「俺は……あいつが好きだったのか……」

●フェリアside

夫であるアルセイフ様に、お弁当を届けたその日の夜のこと。

私は一人寝室で眠っていた……のだが。

急にお腹に重みを感じて目を覚ました。

「……え？」

「フェリ。起きたのかい？」

「こ、コッコロちゃん……？」

人間の姿になったコッコロちゃんが、私の上に覆《おお》い被《かぶ》さっている。

いつもの愛らしい犬の姿ではない。

また、子供の姿でもない。

「ど、どうしたんです……その姿……まるで、大人じゃないですか」

コッコロちゃんは背の高い、細身の成人男性（人間）へと変貌を遂《と》げていた。

「フェリの魔力をより濃く体内に摂取できるようになったからね、体が大人になったんだよ」

「は、はぁ……」

そういえば、聞いたことがある。

魔獣には存在進化、という概念があるそうだ。

魔力を多量に摂取すると、魔物の存在としての力が増し、新たな姿へと進化すると。

つまり私の魔力のおかげで、コッコロちゃんは大人になったと……。

「フェリ……ボクもう……がまんできないんだ……」

「がまんできない……？」

「うん。ねえフェリ……。ボクと……交尾しよう」

……交尾？

いや、何を言ってるのだろうか、この子は。

「冗談はおよしなさい」

「冗談じゃないよ！　本気だ！　ボクは……フェリ、君にボクの子を産んでもらいたいんだよ！」

その目はぎらついていた。

欲望にぬれた、妖《あや》しい目をしている。

可愛らしい子犬のコッコロちゃん、ではない。

その目は私の胸や腰を見つめていた。

はぁ……はぁ……と荒い呼吸を繰り返す様は、発情した動物のそれ。

本気で、この子は私を、女として求めている。

オスとして、メスに種を植えようとしている……。

「ちょっと……どいて」

「いやだ」

コッコロちゃんが私の首筋に鼻を当て、はぁはぁ、と呼吸を繰り返す。

「フェリ……フェリ……愛してる……お願い……ボクと交尾して……」

ぐいぐいと押しのけているのに、どく気配がない。

本気で私を襲おうとしている。

……怖い。怖かった。子犬みたいに懐いてきていた子に、女として無理矢理犯されそうとしているのが……。

「駄目ですって！　いい加減にしないと……実力行使しますよ！」

私は氷の力を使おうとする。

だが、まったく発動しない。

「無駄だよフェリ。君の力は、ボクが貸してるようなもの。ボクの意思一つで、使えなくなる」

「そんな……あっ」

コッコロちゃんが私の首筋を舌でなめる。

「ああ……おいしい……フェリの肌……甘い……」

「や……めて……落ち着いて……」

「ごめん……無理。だって……ここでやらないと、きっと手遅れになる。あいつはもう……君のこ

と……」

あいつ？　誰のことを言ってるのだろう。

でも今のコッコロちゃんは、いつもと違った。

どこか切羽詰《せっぱつ》まっているようだ。

何か焦《あせ》るようなことがあったのだろうか。

「フェリ……大丈夫……痛くしないよ……ね？」

……ここで初めてを散らすのか。

別にそういうことに興味がないわけでは、ない。

憧《あこが》れのようなモノも特に持っていない。

……ただ。それでも……初めては……と、そのときだった。

「フェリア……！」

どがんっ！　と大きな音とともに、部屋のドアが破壊される。

「あなた……！」

「ちっ……！　アルセイフぅ……！」

彼が……アルセイフ様が、鬼神のごとき怒りの表情を浮かべながら、こちらにやってくる。

……ああ、彼は怒っているんだ。

人妻でありながら、他の男と寝ていることに……。

「そこをどけぇえええええええええええ！」

アルセイフ様が手に持っていた剣を抜刀《ばっとう》し、コッコロちゃんに斬りかかる。

がきんっ！

「今日は夜勤だったんじゃなかったのかい……!?」

コッコロちゃんの右手には、氷の爪が生えている。

五つの爪でアルセイフ様の剣を受け止めていた。

「胸騒ぎがしたのだ。……おい、貴様……俺の大事な女に、何しやがる……！」

ぐっ、と力を込めて、コッコロちゃんを弾《はじ》き飛ばす。

自由になった私に、アルセイフ様が駆け寄る。

「フェリア！　無事か!?」

「え、あ……は、はい……」

「そうか……よかった……」

ほぉと安堵《あんど》の息をつく、アルセイフ様。

怒って、ない？

不貞を働こうとした、私に怒ってるんじゃなかったのか。

「よかった……無事で……」

彼が私をぎゅっと抱きしめる。その力は強くて、けれど、優しい……。

あ、あれなんだろう、ちょっと……泣きそうだ。

「どけよ、フェリはボクのものだ」

コッコロちゃんの周囲に、氷の魔力がほとばしる。

バキバキと音を立てながら、建物が凍りついていく。

「下がってろ、フェリア」

アルセイフ様は剣を片手に、コッコロちゃんの前に立ち塞《ふさ》がる。

「犬。貴様にフェリアは渡さない」

「どけよ邪魔者！　おまえは……おまえは邪魔なんだよ！　フェリはボクの子を産むんだ！」

「ふざけるな。こいつは俺のだ」

「フェリはおまえの所有物じゃない！」

コッコロちゃんの主張に……。

アルセイフ様は、フッ、と笑う。

「ああ、そうだ。俺の所有物じゃない。俺の……大事な、大好きな、妻だ」

彼が、優しくそう言った。

今、大事なって。

大好きって……彼が……。

あ、あれ？　なんだろう顔が、あつい……。

うれしい……彼が、好きと言ってくれたことが、すごく……。

「あ、あぁあああああああ！」

ごぉ！　とコッコロちゃんの体から、激しい氷雪の風が吹き荒れる。

「駄目だ駄目だ駄目だぁあああああ！　フェリぃいいいいいいいいいい！」

彼とそして私を、凍りつかせようとする、本気の意志を感じる。

でも私は不思議と恐怖を感じなかった。

目の前にいる、彼の背中。

それを見ていると……安心できた。

「フェリア。俺は……おまえを守る。愛する、おまえを」

私は胸が締めつけられて、彼の背中にそっと触れる。

その瞬間……。

私の手から、何かが彼に流れ込んでいく。

「これは……？」

アルセイフ様が目をむいている。

「はは！　何をしようとしても無駄だ！　アルセイフ！　君はボクには勝てない！　氷使いとして最強の、この氷魔狼《フェンリル》の前ではなぁ！」

「ああ、だろうな。俺一人ならな……だが」

アルセイフ様が上段に剣を構える。

「フェリアを背中に感じている……今の俺は、貴様より強い」

「ほざけぇえええええええええ！」

コッコロちゃんからの強烈な、氷の風が吹く。

すべてを凍《い》てつかせる強力な攻撃……。

「せやぁ……！」

アルセイフ様は構えた剣を振り下ろす。

それはまばゆい光を放ちながら、コッコロちゃんめがけて、刃《やいば》を伸ばしていく。

「そんな……!?　これは……光の魔力!?　そうか……フェリ……！　君の正体は……！　君の、本当の力はぁ！」

光の刃はコッコロちゃんの攻撃を完全に打ち砕き……。

彼をまるごと飲み込んだ。

目を開けてられないほどの強烈な光が発せられたあと……。

『うきゅぅ……』

子犬状態に戻ったコッコロちゃんが、気を失っていた。

「……終わった、のですか？」

「ああ。おまえのおかげだ」

「私……？」

こくん、とアルセイフ様がうなずく。

「おまえが俺に力をくれた。だから、守り神たるフェンリルに打ち勝てた。氷使いとして、勝てなかったのが……無念でならんがな」

彼が倒れそうになる。

「アルセイフ様……！」

私は崩れ落ちる彼を支える。

「すまん……フェリア……しばし寝る」

そう言うと、気を失ってしまった。

何が起きたのか、わからない。

でもこれだけははっきりしている。

彼が、私を守ろうとしてくれたことは。

「ありがとう、アルセイフ様」

そして、この胸の高鳴りは、きっと。

◆

コッコロちゃんの暴走から数分後。

レイホワイト家にある、守り神の祠《ほこら》にて。

『フェリ～……ごめんよぉ～……』

神獣 フェンリルことコッコロちゃんは、しょぼくれた表情で、祭壇の上で伏せをしている。

その場には私と、そしてアルセイフ様がいる。

『フェリが他の男に取られるって思ったら、居ても立ってもいられなくって……』

「だからって……」

私が答えるより前に、アルセイフ様が遮《さえぎ》るように言う。

「だからといって女を無理矢理犯すのは犯罪だ。しかもそれが婚前とはいえ婚約者のいる女、しかも貴族の女なんだぞ?」

『うう……ごめんなさい……』

「ゴメンナサイで済んだら俺たち騎士はいらん。貴様が人間であればただちにその首を切り落としているところだ」

『すみませんでした……もうしません……』

「だから謝って済む問題では……」

「ああ、もう、あなた。もういいですから」

ヒートアップしている彼の肩を叩いて止める。

「しかしこいつは！　フェリアを犯そうと！」

「未遂《みすい》でしたし、あのときのコッコロちゃんは極度の興奮状態にありました。おそらく、魔力を取り込みすぎたことによる、ある種乱心状態だったのかと」

つまり正常な思考ができない状態にあったのだ。

『ゆ、許してくれるのかい……？』

「ええ」

にこりと笑って、私は右手を差し出す。

『ふぇ、フェリ!?』

「すこぉし……お仕置きはしますけどね」

『ふぎゃーーーーーーーー！』

……さて。

お仕置きを終えたあと、私たちは会話を続ける。

「それにしても、私のこの力は、なんなのでしょうか？」

右手を前に突き出す。

氷を使うときのように、魔力を込める。

すると以前と違って、手が七色の魔力を帯びる。

『それは精霊王の力さ』

「せいれいおう……？」

氷漬け（お仕置き）状態で、コッコロちゃんが言う。

『世界中にいる精霊たちを束ねる王様。人にどんな才能を授けるかは、精霊王が決めている』

「才能……加護のことですか？」

『その通り。つまりフェリ、君は加護を授ける王から、直接、加護を受けているのさ』

そんな、バカな。

「でもおかしくないか？　フェリアは加護無しだと判定されたのだろう？」

アルセイフ様の言う通りだ。

子供の頃に、自分にどんな加護が授ったかどうかというのは、儀式を受けることで判明する。

そのときに私は、加護無しと判断された。

『たぶんだけど、加護を測定できなかったんだよ。力が大きすぎて』

コッコロちゃんの推論によると。

人間の加護を調べる機器では、大きすぎる私の加護を測定できなかったのだろうと言う。

「なるほど、加護がゼロなのと、大きすぎて加護を測定できなかったこと。どちらも測定不能という意味では同じ……」

『そういうことさ。さすがフェリ。理解が早いね』

そういえば神獣であるコッコロちゃんが、ただの一般人であるはずの私に懐いていたのは、精霊王の加護を受けていた影響だったのかもしれない。

「御託《ごたく》はいい。おい駄犬……」

『はい、駄犬です……』

アルセイフ様はコッコロちゃんをにらみつけたあと……。

私を、ぎゅーっと抱きしめる。

「フェリアは俺の女だ。二度と手を出さないと誓え。でなければ、ここで貴様を斬る」

「ちょっ、何言ってるんですか。フェンリルを祀《まつ》っているからレイホワイト家は、騎士爵の地位を代々受け継げているんでしょう？」

殺してしまったら、爵位剝奪になってしまう……。

けれど、アルセイフ様はまっすぐに私を見て言う。

「爵位より、家より……おまえが大事だ。フェリア」

「アルセイフ様……」

ぎゅっ、と正面から彼が抱きしめてくれる。

……冷たい人、と思っていたけど、違った。

近くで感じると、こんなにも、温かい……。

『……わかった。もうフェリには手を出さない』

コッコロちゃんがアルセイフ様の前で、跪《ひざまず》いた。

『それと、数々の非礼、申し訳なかった。レイホワイト家の当主殿。ボクは……あなたを現当主として認め、あなたに絶対の服従を誓います』

その瞬間アルセイフ様の左手に、雪片のような紋章が浮かび上がる。

『フェリに与えていた、氷魔狼《フェンリル》の加護をアルセイフ……様にも与えた。これで君は、歴代最強、世界最強の氷使いとなった』

けれどアルセイフ様は、加護を受けたというのに、全くうれしそうじゃない。

ふんっ、と鼻を鳴らして、コッコロちゃんをにらみつける。

「これで許されたと思うなよ駄犬。貴様が次フェリアに何かしたら、この力を以《もっ》て本気で殺す」

「ちょ……あなた、コッコロちゃんは私の家族なんですよ。殺したら許しませんからね」

『フェリ……！』

まあ危ない目には遭《あ》ったけど、コッコロちゃんが家族であることは変わらない。

幼い頃、さみしい私を慰《なぐさ》めてくれたのは、彼だったから。

『フェリほんとうにごめんねぇ！　君と彼の邪魔はもう絶対しないから！　だから……許して』

「ええ、いいですよ。仲直りしましょう。さ、おいでコッコロちゃん二号」

きょろきょろ、とアルセイフ様が周囲を見渡す。

「あなたですよ」

「誰が二号だ……！」

「私からすれば、あなたは手のかかるわんちゃん二号ですよ。冷酷なる氷帝じゃなくてね」

アルセイフ様が目を丸くして、はぁ……と深く息をつく。

「まったく……おまえはたいした女だな、フェリア」

アルセイフ様が近づいてきて、コッコロちゃんに手を差し伸べる。

コッコロちゃんもまた人間の姿になると、手を伸ばす。

「ごめんなさい」

「ふん……今回限りだぞ。俺のフェリアに感謝するんだな」

「はい……ありがとう、フェリ」

かくして、一件落着となった。

◆

すべてが終わって、私はアルセイフ様の寝室にいた。

「あの……あなた？」

「なんだ？」

「もういい加減離してほしいんですけど……」

私たちはベッドに座っている。

アルセイフ様は、ずっと私を抱きしめたままだ。

「いつまたあの犬が暴走するかわからんからな。護衛だ」

「とかいって、私とくっついていたいだけでは？」

「まあ、そうとも言うな」

やけに素直なこと。

どうやら何か心境の変化があったらしい。

こうやってハグしてくるのも、その影響だろうか。

「……フェリア。おまえに言っておきたいことがある」

やけに真剣な表情で、彼が私に言う。

「俺はおまえが好きだ」

その言葉を、彼の口から聞いたのは初めてだった。

夫婦、あるいは恋人たちが、普遍的に使っているという、好きというフレーズ。

私たちの結婚には愛も恋も存在しないと思っていた。

親の都合で押しつけられただけの、愛のない結婚だと。

別にそれでかまわないと思っていた。でも……。

「あ、あれ……？」

気づけば私は、つつ……と涙を流していた。

「ふぇ、フェリア！　大丈夫か!?　す、す、すまない！　俺がおまえを傷つけるようなことを言って！」

「あ、いえ……違います。なんか……うれしくて……」

口にして、ようやく気づいた。

ああそうか。私……彼に好きって言われて、うれしいんだ。

はは……なんだ、私も人並みに恋愛とかする女だったんだな。

「うれしいです、アルセイフ様。あなたが好きと言ってくれたことが」

「うむ……まあ、その……なんだ……その、様は、やめろ」

彼が顔を赤くして言う。

「なんて呼んでほしいんですか？」

「……アル、でいい」

「そうですか……わかりました、アル」

彼は微笑むと、私のことを、より強く抱きしめる。

「フェリア。もうおまえを離したくない。ずっとそばにいてくれ。片時も離れないでくれ」

彼が熱っぽくそう言う。

一方で……。

「それは無理ですね」

「なっ!?　ど、どうしてだ!?」

「いやあなた、仕事があるでしょうに。それに、私はこの後、国にこの力のことを報告することになりますからね」

私の体に宿った、精霊王の力。

これは身に余る強大な力だ。

神獣であるコッコロちゃん曰《いわ》く、世界を変えるほどの力だという。

「なぜ国に報告するのだ？」

「私は王国の貴族の娘です。この力はいわば国の財産。報告する義務があるのですよ」

「し、しかしそんなことをすれば！　その力を調べさせろとむくつけき男たちに捕まるのではないか！　許せん！　断じて許さん！」

私は彼の頭にチョップを食らわせる。

「落ち着いてください。別にいいじゃないですか。力の正体を把握しておいたほうがいいでしょう？」

「しかし……俺は誰かに、おまえに触れてほしくない。俺以外が触れるのは禁止だ」

なんだか知らないが、彼にすごい執着されている……。

「とはいえ国への報告は貴族の義務。明日は城へ行って報告するので、ついてきてくださいね、私の騎士様」

私がそう言うと、彼は笑って、私をまた抱きしめる。

「フェリア……」

彼が目を閉じて、私に近づいてくる。

抵抗はなかった。

私もまた、彼に愛《いと》おしいものを覚えていたから。

ちゅっ、と二人の唇が重なる。

顔を離すと、アルセイフ様は顔を真っ赤にしていた。

「子供ですか、あなた。キスくらいで」

「……うるさい。死ぬほどうれしかったんだから、しょうがないだろう」

なんとも、まあ。

「冷酷なる氷帝が、小娘とのキスごときで赤くなるなんて」

「……小娘じゃない。おまえは、愛しい我が妻だ」

私はうれしくなって、彼に体を委《ゆだ》ね、またキスをする。

義妹から押しつけられた結婚だった。

別に誰と結婚しようとどうでもいいと思っていた。あの家からおさらばできるのならば。

でも……今は。

この家に来られて、本当によかったと思っている。

あの家に私の居場所はなかった。

でも今は、違う。

彼の隣が、私の居場所に、なったのだから。

「好きだ、フェリア」

「ええ、私も好きですよ、アル」

五章

●フェリア side

眠りから覚めて、ゆっくりと意識が覚醒する。

すぐに感じたのは、耳にかかる鼻息だ。

ふすふす、とまるで犬のように、私の匂いを嗅《か》いでいる。

ぱち、と目を開けると、そこには銀髪の青年がいた。

「おはようございます、アル」

彼が、冷酷なる氷帝アルセイフ＝フォン＝レイホワイト。

私の夫となる男性だ。

「ああ、フェリア……おはよう」

彼は私に添い寝するように横になっている。

私の髪の毛を一房手に取って、鼻に押しつけていた。

「また髪の毛ですか。あなたも好きですね」

「ああ。俺はおまえの髪の毛の香りも好きだ」

彼はすんすん、とまた髪の毛に鼻を当てて匂いを嗅いでいる。

その姿は私のかつての愛犬コッコロちゃんを彷彿《ほうふつ》とさせる。

「あのですね、アル。念のためですが、寝ている婦女子の部屋に勝手に入り込んで、相手の許可なく髪の毛の匂いを嗅ぐのはマナー違反ですよ」

こないだも注意したはずなのだが、もう忘れてしまったのだろうか。

するとアルセイフ様は「すまない……」と言って、体を起こし、ぺこりと頭を下げる。

「次からは気をつける」

「あなた昨日も言ってませんでした？」

「忘れた」

「犬より学習能力ないですね、あなた」

暴言ともとらえられかねない発言。

以前の彼ならキレて、氷の力で襲いかかってきた。

「すまないフェリア」

と、あっさり彼が謝る。

以前の彼を知っている者からすれば、驚きの素直さだ。

「注意されたのは、覚えている。だが、すまない。耐えきれないんだ。おまえが素敵すぎて。おまえの全部が魅力的で……」

こんな歯の浮くようなセリフを吐く人だったろうか。

前ならあり得なかった、けど半月前、つまり私と初めてキスをした時から、態度がガラッと変わったのである。

どうやら部下のハーレイさんから色々教わっているらしい。

「まあいいです。今後は気をつけてくださいね」

彼は顔を上げると、明るい笑みを浮かべる。

「ありがとう、フェリア。愛してる」

この半月ほどでいろんな変化があった。

たとえば愛してる、なんてさらっと彼が言うようになったこともそうだ。

他にも、まあ色々と変わってきている。

あのときと、今では、状況が違うのだ。

「さ、そろそろ起きましょうか。あなたの朝食を作らないとですし」

けれど彼は私がベッドから下りようとすると、ぎゅっ、と抱きしめて離さない。

「フェリア……もう少しこのままがいい」

「あのですねぇ……今日は何かと忙しいです。あなたも知ってるでしょう？」

「ああ、今日か、か、からだったな」

アルセイフ様が私を抱きしめながら、実に嫌そうな顔をする。

「確か、今日から復学するんだったな」

「ええ。国立魔法学校に」

なぜ学校に行くことになったのかは、おいおい説明するとしよう。

「今日は初日です。遅刻するわけにはいかないのです」

「そうか」

ぎゅ〜。

「……だからあのね、放してくださいよ」

「努力しよう」

ぎゅう〜〜〜〜。

やれやれ、コッコロちゃん二号め。私を離さないつもりだな。

「フェリア。どこにも行くな。ずっと俺のそばにいてくれ」

前もそんなことを言っていた。

「無理です。あなた仕事はどうするんですか？」

「辞《や》める」

「騎士の誇りは？」

「そんな形のないものより、おまえが世界で一番大事だ」

強く、強く、アルセイフ様が私を抱きしめる。

これがこの半月、毎朝なのだ。

彼はなかなかに重い愛をお持ちのようだ。

まあ、そんなふうに求められると、なんだか可愛いと思ってしまう私である。

とはいえ早く朝の準備をしないと、私も彼も遅刻してしまう。

妻として、騎士様が仕事に遅れることを、許容するわけにはいかない。

「わかりました。では、こうしましょう。もしもすぐに放してくれたいい子には、御褒美《ごほうび》にキスを」

秒で私からアルセイフ様が離れる。

なんという速さ。

「さぁ離れたぞ。さぁフェリア」

ふがふが、と鼻息荒く、彼が言う。

顔を真っ赤にして、目をキラキラと輝かせる姿は、まさにわんちゃん。

「まったく、そんなにキスしたいんですか」

「ああ、おまえが欲しくてたまらない」

アルセイフ様はこんな怖い見た目をしているのに、結構ヘタレだ。

自分から無理矢理キスしようとしない、私をベッドに押し倒すこともしない。

背が高く大人びてはいるけど、彼はまだ十六。

年齢的には大人としてカウントされるけれど、まだ精神的には、子供と大人のはざまを行き来しているのである。

「フェリア……」

私がぼんやり考え事をしてたからか、お預けを食らった子犬のように、アルセイフ様が悲しそうな瞳で見てくる。

「お待たせしました。はい、いいですよ。おいでませ」

彼は嬉しそうに表情を輝かせると、正面から抱きしめてくる。

朝の鍛錬のあとだからか、汗の香りが鼻をくすぐる。

彼が私を見下ろしながら、口づけを交わす。

一度軽く唇を合わせ、顔を離そうとする。

彼が一瞬、ぴくんと体をこわばらせた。

たぶんもっと、とおねだりしているのだろう。

もう一度キスをすると、彼は止まらなくなって、何度もついばむようなキスをする。

ほどなくして、彼が顔を離す。

「朝からお元気ですね」

「うう……すまん」

「いえいえ。謝らないでくださいよ」

別にいやとは思わない。

こうやって熱心に求められるのはうれしい限りだ。

「さ、今日も一日お仕事頑張ってください」

「憂鬱《ゆううつ》だ……」

私が立ち上がると、彼もまた体を起こす。

しょんぼりと首を垂らすその様は、まさに犬。

「おまえが、もし学園の男たちから迫られたらと思うと、気が気でならん」

「私が？　どうして？」

「おまえは世界一美しい女神のような存在なのだ。他の男どもがほっとくわけがなかろうが」

視野狭窄《きょうさく》もいいところだ。

こんな私がモテるとでも、本気で思ってるのだろうか。

でもまあ、なんだか可愛い。嫉妬してくれてるらしい。

「まあ、学校には男の子も多いですね」

「そうだろう!?」

「素敵な男性教諭もいますし」

「ぐぅう……！」

私は微笑んで、彼の頭をなでる。

「でも私にとってあなたが一番ですよ」

彼が一瞬で顔を真っ赤にする。

首まで赤くなって、恥ずかしがっていた。

「そ、そうか……うむ。ま、まあ……おまえは学校でも研究一筋だと言っていたな。そんな女を愛する、変わり者の男など、絶対一人もいないだろう。うむ」

「それ、けなしてます？」

「ち、ちがう！　誤解だ！　フェリア、勘違いしないでくれ！」

「わかってますって」

焦《あせ》ってる彼が可愛くて、つい意地悪してしまっただけだ。

とまあ、色々あったけど、なんだかんだ言って私たち、仲良くやってます。

◆

身支度を終えて、私は馬車に乗って、国立魔法学校へと向かう。

「なぜついてくるのですか……」

私の隣にはアルセイフ様が、さも当然のように座っている。

「俺はフェリアを守る剣だ」

「意味不明です。それとあなたの剣は国民を守るためのものでしょう?」

ふん……とアルセイフ様がそっぽを向く。

都合が悪いときだけ聞こえなくなるなんて、本当にこの人は、コッコロちゃん二号だ。

「俺の職場と近いからな、おまえの通っている学校は」

「ああ、そういえばそうでしたね」

学校からほど近くに、彼の職場の王城はある。

私が降りたあとに、そちらに向かうのだろう。

「フェリア。やはり心配だ。俺もついていく」

「必要ありません。精霊王の力を調べるだけじゃないですか」

半月前、私には特別な力が備わっていることが判明した。

お国に報告した私は、その力の実態を、詳しく調べられることになった。

国立魔法研究所、というものが存在する。

けれど王都からそこそこ離れた場所に、研究所がある。

私はそこにしばらく滞在して調べてもらおう……と思ったのだが、コッコロちゃん一号二号が猛反対。

折衷案《せっちゅうあん》として、研究機関を兼ねている、王都の国立魔法学校に通うことになったのだ。

まあついでに、復学してもいい、となった。

アルセイフ様のご両親が、資金援助してくれたのである。ありがたいことだ。

「そろそろ着きますね」

馬車が校門をくぐって、建物の近くへと停車する。

「それでは」

「ああ」

「……なぜ、当然のようにあなたも降りるのですか？」

私が馬車から降りると、アルセイフ様がぴったりと、寄り添うようにやってきた。

「……見て、冷酷なる氷帝様よ」「……ほんとうだ」「……隣にいるのは、フェリアさんじゃね？」

「……ほんとだ。何してるんだろう？」

彼が馬車から出た途端、生徒たちの注目の的《まと》になる。

さすが、悪名高い冷酷なる氷帝。

「あなたは職場へ行きなさいな」

「せめて玄関まで見送らせてくれ」

すがりつくような目で私を見てくる。

やれやれ、二号は聞き分けがよくなったと思ったのだけれど、ふふ、可愛い子。

「しょうがありませんね」

と微笑んだそのときだ。

「ふぇーーーーーーりあーーーーーーーーーーーーーーーーーーー！」

こちらに向かって、赤毛のまぶしい、小柄な女の子が駆けてくる。

「フェリア！」

「アニス……ひさしぶ……ぐぇ……」

赤毛の彼女が、私に正面からハグしてきた。

ぎゅーっと、アルセイフ様がするのと同じくらいの力で。

「ああフェリア！　愛《いと》しいあたしのお友達！　やっと帰ってきたのねー！」

「うぎゅ……アニス。苦しいです……放して……」

「あ、ごっめーん」

少しくせっ毛で、勝ち気そうな目つきの女の子。

「おいフェリア。なんだこの無礼者は？」

じろり、とアルセイフ様がアニスをにらみつける。

「はぁ？　あんたこそ、あたしのフェリアに無断で近づかないでよ」

「なんだとっ？　誰が貴様のか！　こいつは俺の……」

「はいはい。ケンカはおやめください。騎士にあるまじき態度ですよ」

しゅん……とアルセイフ様がしょぼくれる。

「おっどろいた……本当に尻に敷いてるのね、あの冷酷なる氷帝を」

アニスがまじまじとアルセイフ様を、まるで珍妙なモノを見るかのように見ている。

「別に尻に敷いてるわけでは……」

「さっすがアタシのフェリア♡　はぁーん♡　会いたかったわー♡」

またアニスがベタベタとくっついてくる。

あ、紹介がまだだった。

「アルセイフ様。こちらはアニス。アニス・エティゴーヤ。大商人のご令嬢様です。アニス、こちらは私の夫、アルセイフです」

「「………」」

二人がにらみ合う。

やがて、ふんっ、とお互いそっぽを向いた。

「「あたし（俺）、こいつ、嫌い……」」

またですか……。

確かアルセイフ様、私がコッコロちゃんと再会したときも、同じ反応していたな。

「まさか三号がいるとはな……伏兵《ふくへい》だった」

「三号……？」

アルセイフ様がぶつぶつとつぶやく。

「だが……よかった。女なら特に問題ないだろう。級友が女でよかった……」

と。そのときである。

「よぉー！　フェリー！」

「ふぇ、フェリ様ぁ……」

「カーライルくん、お久しぶりですね」

ぞろぞろ、と私たちのもとへ、玄関から近づいてくる人たちが。

「あら、皆さんおそろいで」

「なっ!?　伏兵がこんなに!?」

「だから伏兵ってなんですか……もう」

やってきたのは三名。どれも知ってる顔だ。

「フェリー！　おめえがいなくてさみしかったぜー！」

褐色《かっしょく》の肌に、銀髪。金ぴかな装飾品をまとっている、背の高い男の子だ。

耳が少しとがっている。

砂漠エルフ……かつてダークエルフと呼ばれた種族の男子。

「スヴェン、お久しぶりです」

スヴェンは実にうれしそうに、私の隣にやってきて、ぎゅーっと抱きついてくる。

「貴様ぁ……！」

腰の剣を抜いて、アルセイフ様がスヴェンに斬りかかろうとする。

「お座り」

「く……！」

アルセイフ様が剣を鞘《さや》にしまう。

一方で、スヴェンは彼を見て、鼻で笑う。

「こいつがフェリの婚約者ぁ？　おいおい、なんだたいしたことなさそうじゃあねえか」

「貴様……斬るぞ」

「おっとぉ、オレ様を斬るとあとあと面倒だぜ？　何せオレ様、隣国……フォティアトゥーヤァの王子だからよぉ」

スヴェンは砂漠エルフの女王の息子……王子なのだ。

「なぜ隣国のバカ王子がここにいるんだ？」

「留学生って知らねえの？　バカ騎士」

「誰がバカ騎士か！　このバカ長耳が」

「おいおいなんつー下品な言葉遣《づか》いしてやがんだ。まるで犬だな、犬」

スヴェンにまでも犬扱いされてる……。

やっぱりコッコロちゃんに、似てるよね、アルセイフ様って。

「その点、オレ様は高貴なるサラブレッド。なあフェリ、愛しの君、オレ様が国に帰るときには一緒に行こうぜ？」

私の手をつかんで、スヴェンがチュッ……とキスをする。

アルセイフ様がぶち切れそうになるが、私は「お座り」と言って彼の怒りを静める。

「お申し出とてもありがたいです。ですが、私はもう夫に操《みさお》を立てた身ですので、あなたの思いには応えられません」

「っかー！　お堅いねえ、相変わらず。ま、そんなとこが素敵なんだけどなぁ〜♡」

スヴェンは相変わらずのようだ。

「……フェリア様」

桃色髪で、小柄、柔和《にゅうわ》な笑みを浮かべるのは……。

「モナ、お元気そうで何より」

「……あなた様のご復学を、わたくし、心待ちにしておりました」

モナが微笑んで、スカートのはしをつまんで、頭を下げる。

「彼女はモナ。平民の出身で、とても優秀なんですよ」

そして……最後に。

「やぁ、カーライル君」

「お久しぶりです、サバリス教授」

銀髪に眼鏡の、背の高い美青年。

彼はサバリス教授。

まだ二十代という若さで、魔法学校の教授を務めるほどの俊才だ。

「またご厄介になります」

「君のような優秀な助手がいなくなって、とても困っていたところです。僕のもとに戻ってきてくださり、本当にうれしいですよ」

とまあ、その場には、私の友人たちが勢揃《ぞろ》いしたわけだが……。

「なんだ……これは……」

アルセイフ様が、ぶるぶると、怒りで体を震わせている。

「三号どころの話では、ないじゃないかーーーーーーーーーー！」

いったい彼は何の話をしているのだろうか。

やれやれ。人目につくところで叫ばないでほしい。

◆

アルセイフ様と別れた私は教室へと足を運んだ。

学校という名前がついているものの、中身はかなり豪華なもの。

廊下も教室もなかなかに派手で見栄《みば》えのよいものだ。

私、アニス、モナ、スヴェンの四人は、懐《なつ》かしの教室へとやってきた。

がらっ。

皆雑談をやめて私に注目していた。

教室の扉を開けると、中にいた生徒たちの注目が、私に集まる。

「…………」

「……やれやれ」

相変わらずのようだ。私はこのクラスにおいて、浮いてる存在だった。

そんな私が久しぶりに戻ってきたところで、クラスメイトたちからの扱いも変わらないだろう。

「フェリ！　気にしないで！　あたしたちがいるわ！」

アニスが、快活に笑うと、背中を優しく叩いてくれる。

「そうですね」

友達は数より質だと思う。

私にとってアニスもモナも、そしてスヴェンも、大事な友人だ。

たとえクラスメイトたちから疎外《そがい》されていても、彼らがいれば大丈夫。

私は昔座っていた、窓際《まどぎわ》の一番後ろの席に座る。

「じゃーあたし右隣！」

「おいおいアニス～。ふざけるなよ、隣はオレ様だぜ？」

「わ、わたくしが……」

やいのやいの、と三人が、誰が隣に座るかで揉《も》めている。

日常的な光景だ。ああ、なんだか懐かしいな。と三人を見ていたそのときだ。

「あ、あのぉ……」

男子生徒数名が、私に近づいてきた。

「カーライルさん、お久しぶりです」

「あら、どうも。ご無沙汰《ぶさた》しております」

私は立ち上がって、彼らにお辞儀する。

「復学したって聞いて、おれらすげえうれし……」

「あーはいはい。ちょーっといいかな君たちぃ～？」

スヴェンがにこやかに笑いながら、ぽんっ、と私に話しかけようとした生徒の肩を叩く。

「ひっ……！　で、殿下……なんでしょう？」

その男子生徒が、何やらおびえている。

一方でスヴェンは笑いながら言う。

「ちょーっとオレ様、君たちに用事があったんだったー。……ちょっと面貸《つら》せ、な？」

ぶんぶん！　と彼らがうなずく。

「つーことでオレ様、少しばかりこいつらと話してくっから～。フェリ～♡　あとでね～」

「ええ」

なんだろう急に。

まあ男の子同士での話だから、あまり首をツッコんじゃいけないだろう。無粋《ぶすい》ってものだろうし。

「あ、あのぉ～……カーライル様」

次は女子の数名が、私に近づいてきた。

「こんにちは。またよろしくお願いします」

「こ、こんにちはっ」

女子たちが明るい顔をして「……きゃー♡」「……カーライル様と話しちゃった～♡」と、小声で何かを言っている。なんだろう……？

「私に何か用ですか？」

「あ、あのっ！　お昼休み、よろしければお茶を……」

と、そこへ……。

「あーはいはい！　ちょーっといいかしら、あんたたち～？」

アニスが私の前に立ち、にこやかに笑う。

「ちょーっと、面貸せ？　な？」

「「は、はひ……」」

アニスが女子生徒たちを連れていく。

「ごっめーんフェリ♡　ちょーっとこいつらに調きょ……じゃなかった、おしゃべりしてくるから～♡　あとでね～♡」

「はぁ……」

朝からおしゃべりなんて、ほんとに学生時代に戻った気がする。

スヴェンとアニスは、それぞれの友達とどこかへ言ってしまった。

遠くで「……男が勝手にオレ様のフェリに話しかけるな潰《つぶ》すぞ？」「……あたしに断りもなくフェリに話しかけてんじゃないわよ潰すわよ？」と、

スヴェンたちの楽しげな会話が聞こえてくる。昔のまんまだ。

私と違って彼らは社交的で、いつもああして、クラスメイトたちと仲良く会話していたな。ふふ。

「……ど、どうしました、フェリ様？」

隣に座る、モナが聞いてくる。

「いいえ、懐かしいと思ったままでです。こういうの久しぶりで」

「……お、お屋敷では、その……酷《ひど》いことされていませんでした？　わたくし、とても、とても心配で……」

モナの心配というのは、アルセイフ様関連だろう。

あの人は冷酷なる氷帝という悪評があって、周りから怖がられているのだ。

一時期、あの人のもとへ嫁《とつ》いだ人は皆帰ってこなかった、殺されたのだ、という噂が立つほどに。

だからモナは心配してるんだろうな。

「大丈夫です。彼はとても紳士的で……それに可愛いかたなので」

「……れ、冷酷なる氷帝様を、可愛いだなんて……すごいですね、フェリ様は」

きらきら、とモナが私に目を輝かせて言う。

「そんなたいそうなモノじゃないですよ。そうだ、今度みんなでうちに遊びに来ませんか？」

「「是非……！」」

アニスとスヴェンが戻ってきた
「是非とも行きたいわ！　どんな暮らししてるのか……確認しないとね、友達として」

アニスがどことなくギラついた目をしながら言う。

「オレ様のフェリが酷い扱い受けてないか……調査しないとな、友人として」

スヴェンも同様に、ちょっと怖い顔で言う。

「……わ、わたくしもおうちに行ってもよろしいのですか？」

モナがおずおずと尋《たず》ねてくる。

「ええ。どうぞ。いつ来ます？」

「「今でしょ……！」」

授業があるでしょう……やれやれ。

●アルセイフside

フェリアが学校で授業を受けている、一方その頃。

アルセイフは騎士団の詰め所で、ひとり、凄《すさ》まじい形相《ぎょうそう》をしていた。

「…………」

「どうしたんだろう、副団長？」「……わからん、ずっと時計を見つめているけど……」

部下たちが遠巻きに、席に座るアルセイフを見やる。

彼は朝からずっとどこか様子がおかしかった。

まず「ハーレイはいるか？」と部下に聞いて回った。

彼は昨夜から警備任務に就《つ》いており、午前中いっぱいは外に出ている。

アルセイフは席に座って、ずっと出入り口と時計、そして窓の外を何度も巡ぐりに見ている。

何かあったのだろう、と部下たちには察しがついていた。

そして、おそらくそれは嫁関連だろうことは想像に難《かた》くない。

フェリアが嫁《とつ》いでくるまで、アルセイフは任務を淡々とこなすだけの男だった。

しかし嫁ができてから、行動に変化が訪れるようになった。そして少しずつだが表情が柔らかくなっていった。

密かに、部下たちのなかで、フェリアは女神と呼ばれている。

毎食おいしい食事にお菓子を用意してくれるし、何より冷酷なる氷帝を、ここまで軟化させたのは、嫁の影響が大きいだろう。

と、そのときだ。

「ただいま帰りまー……」

ハーレイがアルセイフたちの団【赤の剣】へ戻ってきた瞬間。

「面を貸せ」

アルセイフは立ち上がると、ハーレイの腕をつかんで猛烈な勢いで詰め所を出ていく。

「しばらく席を離れる。後は任せる」

「「「ごゆっくり～」」」

部下たちは理解している。

おそらくハーレイに嫁のことで相談事があるのだろうと。

そしてアルセイフはハーレイをつれて食堂へとやってきた。

「フェリアに男がいたんだ」

ハーレイが目を点にする。

何を言ってるのだろうか……？

浮気？　いや、あのお方に限ってそんな不貞を働くとは思えないし……。

「もうちょっと詳しく教えてくださいよ」

ハーレイはアルセイフから話を聞く。

とても深刻な顔をしながら語ったのは……。

今日からフェリアが学校に通っていること。

そしてフェリアには男の友達がいた、それも複数、ということだった。

「なーんだ、友達じゃあないっすか」

だろうなとは思っていた。

フェリアはとてもじゃないが、他の男と浮気するタイプには思えなかった。

「やつらは俺のフェリアと親しげに話してやがった……俺の妻だぞ？」

「まーまー、落ち着いてくださいよ」

「落ち着いてられるか！」

だんっ！　とアルセイフが感情のままに、食堂のテーブルに拳を叩きつける。

氷の魔力が暴走したこともあって、テーブルが粉々に粉砕された。

……その魔力の強さから、よほど精神的にショックだっただろうことがうかがえた。

「あやつらめ……！　フェリアに色目を使っておった！　切り伏せてやろうか……！」

「いや副団長、そんなことしたら大問題っすよ。隣国の王子も交じってるんでしょ？」

「そこだ！　なぜ隣国の王子なんぞが、俺のフェリアに執着するのだ！」

きょとん、とハーレイが目を点にする。

どうやらこの人は理解していないようだ。

ハーレイとしては、この夫婦にはずっと幸せであってほしい。

副団長である彼も、その妻であるフェリアのことも好きだからだ。

ハーレイは教えてあげることにした。

「そりゃあ、フェリア様モテますもん」

「は……？　も、もて……モテる……？」

本気で困惑《こんわく》しているアルセイフ。懸念《けねん》通りわかっていなかったようだ。

ハーレイは苦笑しながら説明する。

「ええそりゃ、たぶん結構ファンがいるんじゃないっすかね」

場所を移動して、別のテーブルに腰掛ける二人。

「どうしてフェリアがモテるんだ？　あいつは学校では一切色恋沙汰《ざた》には縁がなかったという。ずっと研究一筋だと聞いたぞ」

「んー……」

ハーレイは考える。

この恋愛弱者にわかるように説明するのは骨が折れる。

「では、こうしましょう。副団長、フェリア様の好きなところをいくつかあげてください」

突然の質問に戸惑《とまど》うアルセイフ。

だがハーレイという男は、こちらが真面目《まじめ》に相談しているときに、意味のない脱線をするような男ではない。

きっとフェリアに関する、自分の疑問に答えるために必要なのだろう。

「そうだな……まず美しい。雪の精霊のように可憐《かれん》ではかなげだ」

次に、とアルセイフが続ける。

「頭がよく気遣いができる。丁寧《ていねい》な物腰。料理上手で、とても優しい。近くにいくととても良い匂いがするし、髪の毛はさらさらでそれで……」

出るわ出るわ、フェリアの好きなポイント。

ひとしきり聞いたあと、ハーレイが答える。

「アルセイフ様。今おっしゃったポイント……それ、全部男子に好かれる要素ですから」

愕然《がくぜん》とするアルセイフを見て、この人ホントに気づいてなかったのか……と苦笑する。

「容姿、内面、家柄……どれをとってもフェリア様は、男から見れば魅力のある女性です。そりゃファンも多いですよ」

「そ、そうか……」

「ええ。だってアルセイフ様だって男でしょう？　あなたが好きなポイントは、他の野郎どもも好きに決まってるじゃないですか」

思ず息をのむ。その通りだった……。

なんてことだ……。

「ハーレイ……俺は騎士団を」

「辞めたらたぶんフェリア様、本気で怒ると思いますよ」

「……なぜ俺の言うことがわかった」

「結構副団長ってバー……」

「バ?」

危うくハーレイは口を滑らしかけたが、相手が上司であることを思い出して、こほん、と咳払いしてから言い直す。

「顔に出やすいタイプなので♡」

「おまえさっきバー……って」

「バーにデートに誘うのはどうでしょう? お酒を飲みながら奥様と過ごす時間は楽しいのでは? おれ、おすすめの店知ってますよ?」

「ふむ。今度の休みにでも行こうか」

セーフ……と内心でほっと息をつくハーレイ。

「まあ、とにかくフェリア様はモテるんです。それは事実」

「く……! しまった……俺の手の届かないところでフェリアが、男どもに狙われてるなんて……! 俺が行って守らねば!」

本気で言ってそうなところがまた面白くて、ハーレイは苦笑する。

「でも大丈夫だと思いますよ？」

「なに？　大丈夫……だと？」

「ええ」

いやに確信めいた言い方をするハーレイに、アルセイフは気になって尋ねる。

「どうしてだ？」

「だって、そりゃフェリア様もまた、あなたのことが好きだからですよ」

……アルセイフの顔を見て、ハーレイはぎょっとする。

「そうか。ふ……そうか……ふふ……」

とんでもない、とろけきった笑みを、アルセイフは浮かべていた。

あの冷酷なる氷帝が、ここまで緩みきった表情になるなんて……。

そこまで妻のことを愛してるのか……。

そして、ここまでこのお方を執着させる、あのフェリアという女性は、本当にすごいのだな……

と改めてハーレイは思った。

「しかし気になる。フェリアにその気がなくとも、あの男どもがフェリアを無理矢理手込めにしようとするかもしれない……アア……心配だ……」

「大丈夫ですって」

「いやしかし……気になって仕事どころでは……」

「仕事をきちんとこなす夫のほうが好感度高いと思いますけどね」

アルセイフは立ち上がると、すたすたと食堂をあとにする。

「何をもたついてる。戻るぞ」

なんともまあ、単純かつ自己中心的な男か。

この男に付き合ってられるなんて……

「やはりフェリア様は、すごいお方だ」

●フェリア side

それはお昼休みのこと。

「あら、セレスティア。ごきげんよう」

「……姉様」

私が友人たちとお昼を食べに食堂へと足を運ぶ途中、義妹セレスティアと遭遇した。

後妻の娘であり、私にアルセイフ様を押しつけてきた張本人。

わがままで、性格がきつくて、いつも人を見下してくる彼女。

……おや？

「どうしました？　元気なさそうですけど」

何だかぐったりしてる様子だった。

私を見ると、その瞳が不愉快そうにゆがむ。

「……どうして姉様は元気そうなのよ」

「え？　まあ、周りが皆さん優しいので」

「優しい……？」

不審そうに私を見てくるセレスティア。

「あの、冷酷なる氷帝が？」

「ええ。アルセイフ様も、ご家族も、みんな温かくて優しくしてくれます」

セレスティアは「……何よ、なんなのよ」とつぶやくと、私のもとから去っていく。

「ちょっとみんなに好かれてるからって、調子乗らないでよね！　ふんだ！　……きゃあ！」

すてーん！　とセレスティアが豪快に転ぶ、と、お尻丸出しにしてうつぶせになる。

「あーらごめんあそばーせ。風の精霊さんがちょーっといたずらしたみたいなの～」

友人アニスの肩に空色の妖精が座っている。

「この子いたずらっ子でねえ、ごっめーん★」

「この……！」

「あら、なぁに？　あたしたちと……やる気？」

すっ、とアニスが杖《つえ》を、スヴェンがダガーを……そして、モナまで呪符《じゅふ》を取り出して、戦闘の構え。

「はいはい、ケンカはおやめなさい、皆さん」

「「はい……」」

私は妹のもとへ向かい、スカートの位置を直して、手を差し伸べる。

「大丈夫ですか?」

セレスティアがギリっと歯嚙みすると、私の手を払って、立ち上がる。

「ほんと！　すこーしばかり好かれてるからって、調子乗んな！　バカ姉様！」

ずんずんと肩を怒らせながら、妹が私のもとから去っていった。

何を怒っていたのだろうか、あの子。

「モナ。呪いかけておしまいなさい」

「……了解です、アニス様」

「駄目ですよ、まったく」

ひょい、とモナから呪符を取り上げる。

「いいじゃねえか少しくらい呪いかけてもさ〜。オレ様の女にひっでえ暴言吐いたんだし、な?」

アニスとモナがうなずく。

「とーぜんよね」

「……死ねばよいのですわ」

物騒な人たちだ、やれやれ。

場所を移動して、私たちは食堂の一画へとやってきた。

「セレスティアはなんであんな気が立ってるんでしょうか？　誰か、心当たりあります？」

するとカレーライスを食べていたスヴェンが「そういえば……」と言う。

「あの女、婚約者と上手《うま》くいってねえってってたな」

「婚約者……？　ああ、そういえば王族と結婚するんでしたね」

「そ。王子様から随分《ずいぶん》と嫌われてるらしいぜ」

アニスが鼻を鳴らして、スヴェンに同調するように言う。

「ま、とーぜんよね。自分のわがままで、フェリに婚約者を押しつけるような、くそ女なんですもの」

「アニス。言葉遣いが悪いですよ。淑女なんですから、あなたは」

「あーん♡　ごめんねフェリ～♡」

アニスが私に抱きついて、頬にちゅっちゅとキスをしてくる。

やれやれ、親愛のキスはうれしいが、人前なので勘弁してもらいたい。

「あの女の婚約者ってぇ言えば、そろそろ留学から帰ってくるかもな」

「へー、留学」

「そ。オレ様の国、フォティアトゥーヤァに交換留学生として行ってるのよ」

スヴェンと入れ違いで、セレスティアの婚約者の王子は帰ってくるらしい……。

「あれ？　それではあなたもお国に帰るんですか？」

「冗談きついぜハニー♡」

スヴェンは食事を中断して、私の手を取る。

「オレ様は君のハートを射貫《いぬ》くまでは、ここに残るつもりさ♡」

あきれたようにアニスが言う。

「こいつ無茶言って、留学期間延長してもらったのよ」

さすがわがまま王子……。

「じゃあセレスティアの婚約者だけが、この学校に戻ってくるんですね」

「近いうちにね。ま、あたしらにも、フェリにも関係ないけどねー」

すると黙っていたモナが「どうでしょうか……」と心配そうにつぶやく。

「おや、どうしましたモナ？」

「あ、えっと……その……お兄様……じゃなかった、婚約者のかたが……その、フェリ様のほうがいいと言ってきたら……」

「「ないない」」

私、アニス、スヴェンが首を横に振る。

「私にはもう夫がいるんですよ？」

「そーよ、それにあっちにはセレスティアって婚約者がいるじゃない」

「てゆーか、王族が自分で勝手に婚約者を替えるのって無理だから、あり得ないっしょ」

そうかなぁ、とモナが不安げにこぼす。

「でも結構情熱的な人だし……」

と訳知り顔でモナがそう言う。

ああ、そうか。

彼女は知ってるんだった。

「ま、私には関係のないことですよ。心配せずとも、何も起きませんって」

「だといいんですけど……」

私の言葉に、歯切れ悪そうに、モナが返すのだった。

◆

午後、私はサバリス教授のもとへ向かっていた。

「ねー、フェリ～。やっぱり行くのやめとかなーい？」

友人のアニス、モナ、そしてスヴェンが、ぞろぞろとくっついてくる。

「そーだぜフェリ！　男と二人きりの教室で特別授業なんて！」

「……何かあっては大問題です！」

アニスたちがゲスの勘ぐりをしてくる。

「何もないですよ。というか、あなたたちは普通に、各々《おのおの》授業があるんですから、教室に戻ったらどうです？」

私が本来ここに来たのは、精霊王の加護を調べてもらうため。

そのことは機密事項なため、伏せられている。

なので表向きは単に、サバリス教授に特別な授業を受けるということになっている。

……なのだが。

「いやよ、フェリを男と二人きりになんてさせるもんですか！」

「オレ様のフェリが若い男性教授に手込めにされるとか許せん！」

「……フェリ様に触れたら爆発する呪符をご用意しましたわ！」

とこの人らはなんだか知らないけど、私がサバリス教授と懇《ねんご》ろになるとか思っているらしい。やれやれ。

「大丈夫ですって。何もないですから」

「「「けど……！」」」

「ほら、そろそろ予鈴が鳴りますから。ね、大人しく帰ってください」

『「く……！」』

実に嫌そうにしているアニスたち。

アニスが近づいてきて、手を握ってくる。

「いい、妙なことされそうになったら大声を出すのよ？　すぐに飛んでくるから！」

「はいはい、ご心配どうも。ではあとで」

三人とも何度もこちらを振り返りながら、しぶしぶ、教室へと帰っていった。

……そういえば学校を去る前、サバリス教授の助手を務めていたときも、こんなことあったな。

「と、いいますか、私は教授と何かある前に、人妻なんですけどね」

アルセイフ様以外の男性とどうこうなるつもりはない。

「さて……」

コンコン……。

「教授。フェリアです」

『入ってくれ』

私は扉を開けようとして……。

がんっ！　と扉が何かにぶつかった音がした。

「…………」

部屋の中は、モノで溢《あふ》れ返っていた。

床に散らばる本や書類。脱ぎっぱなしの上着とか、飲みかけのカップとか。

「やぁカーライル君。ご足労ありがとう」

窓際に座っていたのは、白い髪に眼鏡の美丈夫《びじょうふ》。

サバリス＝フォン＝ルッケン。ルッケン公爵のご子息だ。年齢は二十四。

若くして大学教授にまで上り詰めた、魔法の天才だ。

「教授。相変わらずお部屋が汚いですね」

「はは、すまない。いつも君が掃除をしてくれてたから、つい」

「つい……って。私がいない間はどうしてたんですか？」

「それはまあいいじゃないか。ソファに座りたまえ。お茶でも出そう……ええと、お茶は……」

散乱したモノの中から、ポットやカップを見つけられない様子。

ソファに座れ……と言われても、ソファにも本が山のように積まれている。

「まずはお部屋の掃除からしましょう」

「ああ、助かるよ」

私はサリバス教授と二人っきりになった彼の研究室で、部屋の片付けをする。

「戻って早々すまないね」

「いえ、これも仕事……ああ、もう仕事じゃないんでしたね」

私は奨学生時代、ここでアルバイトをしていた。

サバリス教授の助手としての仕事をこなし、賃金を得ていたのだ。

まだ私が嫁ぐ前は、家からお小遣いすらもらえなかったから。

助手といっても記録を取ったり、こうした部屋の掃除などの、雑用をしていただけだ。

「君は非常に優秀な助手だったよ。また君が私のもとへ戻ってきてくれたのがとてもうれしい」

「優秀な雑用係でしたからね」

「とんでもない！　君は気が利《き》くし、字が綺麗だし、時間に正確。おまけにお茶菓子も美味《うま》いし、頭もいい。最高の助手だった」

いやにべた褒めしてくるな。まあ生徒を褒めて伸ばすって方針なのだろう。

「それはどうもありがとうございます」

ふっ……と教授がちょっとさみしそうに笑う。

「私の失敗は、君を正式にパートナーとして迎えるよう、早く申し込んでおけばよかった……と非常に悔いているよ」

ああ、アルバイトじゃなくて、正規雇用しておけば、ということか。

「別の人はとらないんですか？」

「あり得ない。君以上のパートナーなんて、考えられないよ」

私は落ちてる本を手に取って、本棚へと近づく。

上の段に、本を収めようと……くぬ……届かない……。

ふわ、と後ろから、サバリス教授が近づいて、私の手から本を取って、そのまま棚にしまった。

「ありがとうございます」

「いえ、お安いご用です」

本を戻し終えたというのに、教授が私の後ろからどこうとしない。

「あの……どいてもらえます」

「おっと、これは失礼。相変わらず君の髪は美しく、そしていい香りがするね」

「それはどうもありがとうございます」

そういえば前からこの人、やたらと私と距離が近かったな。

「つれないね。やっぱり君は、難しい」

「気難しい性格、ということです？」

「ふふ、違うよ」

じゃあどういうことだろうか……と思っていたそのときだ。

ぐら……と本棚が傾く。

「危ない……！」

倒れようとする本棚から、私を守ろうと、教授が抱きしめてくる。

私は咄嗟《とっさ》に氷の力を使って、本棚を凍りつかせた。

どさっ、と私は教授に押し倒される。

「ふぅ……間に合いました」

「ああ。素晴らしい力だね。これだけの魔法を、ノータイムで発動させるなんて、さすがだ」

教授は私をハグしたまま、一緒に横になっているような状態だ。

「あの……」

「ん？　なんだい？」

「人妻とこうしているのは、誤解を受ける可能性がありますので、早くどいてほしいです」

サバリス教授は切なそうに目を細めて、私に言う。

「悲しいよ。私は」

「何がです？」

「君はこういうふうに抱かれても、全くドキドキしてくれないのだね」

「それはまあ」

別に私は人間的には好きだし、尊敬はしているけれど、この人のことを異性として見てないし、好きでもない。

「失礼した。君の言う通りだ。誤解される前にどくよ」

「ええ、こんなところを夫に見られたら……」

と、そのときだった。

ガチャ……。

「え？」

「…………………………何をしてる？」

そこにいたのは、信じられないことに、アルセイフ様だった。

「いや、あなたこそ何をしてるんですか？」

「そんなことは……どうでもいい！」

彼は腰の剣を抜いて、サバリス教授に斬りかかろうとする。

「俺の大事なフェリアに！　愛する妻に！　なんと不埒《ふらち》なことをする！　この下郎！　俺が切り捨ててくれる……！」

どうやら彼は、私が男に襲われたと誤解しているようだった。

◆

サバリス教授の研究室に、私の夫アルセイフ様が乗り込んできた。

私が男に無理矢理押し倒されたと勘違いしたアルセイフ様は、彼に剣を向ける。

「俺のフェリアに何をするつもりだ！」

本気で剣を抜いて、戦う意思を示すアルセイフ様。

私の身を案じてのことだとは思うし、それは少しうれしくもある。

だが相手は公爵の息子だ。剣を向けたら彼のキャリアに傷がついてしまう。

「剣を引いてください、アルセイフ様。彼は何もしていません」

「…………」

私の言葉を聞いた彼は、発していた怒気と剣を納める。

ほっ……。よかった。刃傷沙汰《にんじょうざた》にならなくて。

「フェリア。あいた……」

私は彼に近づいて、チョップを食らわせる。

「何をする？」

きょとんとした顔でアルセイフ様が私を見てくる。

これは完全に私の行動が予想外だった顔だな。

彼は可愛いけど、客観的な視点に欠けてるところが、まだまだ子供だなって思う。しっかりと教育しないと、妻として。

「それはこちらのセリフです。いきなり入ってきて、人に剣を向けて。相手は公爵家の人間なのですよ？」

「すまん……」

しゅん、と頭《こうべ》を垂れるアルセイフ様。

怖い人だけど素直なんだよな。私が彼を子供って思うのは、こういうとこ。

「というより仕事はどうしたんです？」

「ちょうど外回りだったので、おまえに会いたくて寄ってみたのだ」

「まあそうでしたの。でもサボってはいけません。皆さんの安寧《あんねい》のため目を光らせる。それが騎士の務めですよね？」

「ああ……」

「では、回れ右」

アルセイフ様が大人しく、研究室から出ていこうとする。

「おい貴様」

立ち止まって、アルセイフ様は教授をにらみつける。

「フェリアは俺の女だ。次に妙なことをしてみろ？　相手が誰だろうと俺は貴様の首を叩っ切る……！」

彼から殺気を向けられても、サバリス教授は苦笑して「承知した。気をつけよう」と大人の対応。

一方でアルセイフ様は本当に不機嫌そうに鼻を鳴らすと部屋から出ていった。

あとには私と教授だけが残される。

彼が迷惑をかけてしまったので、謝っておかねばならない。

「すみませんでした、先生。夫がご迷惑をおかけして」

「いえいえ、こちらこそ、勘違いさせるようなことをしたのが悪かった」

教授は微笑んで私から離れ、自分の席に座る。

私にもソファに座るよう勧《すす》めてきた。

「彼は本当に君のことを愛してるのだね」

サバリス教授は笑みを浮かべながら私にそう言う。だがどうしてだか、少しさみしそうなニュアンスを含んでいるような気がした。

「ええ。まったく、二号には困ったモノです」

「二号？」

「昔飼っていた子犬そっくりなんですよ、彼」

そういえばコッコロちゃんも、最初は私に強く当たっていたけど、ある時期からべったりとくっつくようになったな。

今のアルセイフ様そっくりだ。やはり彼は二号で間違いなかった。ふふ、可愛い。

「…………」

サバリス教授から笑みが消える。

いつも大人の笑みを浮かべている彼にしては、珍しいな。

「カーライル……フェリア君」

「？　はい、なんでしょう」

彼は立ち上がって、ソファに座る私のもとへやってくる。跪《ひざまず》いて、私の手を取る。

「どうか私の、伴侶《はんりょ》になってもらえないだろうか」

……突然の告白。なんだ、それは。急すぎる。

「冗談……ですよね？　さすがに」

「いいや、本気さ。私は君が好きなんだ。君がこの研究室に来てから、ずっと」

「まあ……」

気づいてなかった。そんなふうに思っているとはつゆ知らず……。

寝耳に水もいいところだった。教授とは、いい先生と生徒の関係、とばかりに思っていたから。

……さて。サバリス教授からの求婚。相手は公爵家の息子で家柄もいい。さらにこの若さで教授になるほどの俊才だ。

私の答えは決まっている。

「お断りさせていただきます」

彼の手を離して、まっすぐに目を見て、そう言う。

サバリス教授は目をむくと、どこか諦《あきら》めたように、弱々しく笑う。

「そうか。やはり君は難しいな」

彼は私の隣に座ってくる。

「理由を聞いても？」

「申し出は大変ありがたいです。でも……私には、愛する夫がいますから」

職場を勝手に離れて、私のもとへやってきちゃうような駄犬でも。

平気で人に斬りかかるような、ちょっと性格に難ありだとしても。

私はレイホワイト家へ嫁《とつ》いだ身であり……それでいて、私はあの可愛い夫のことが、なんだかんだで好きなのだ。

「私が愛人になる、と言っても駄目かな？」

何を馬鹿なことを言ってるのだろうか。まあ冗談か。……それにしては真面目《まじめ》な顔だ。

目の奥に隠しきれない、男の欲求みたいなものが覗《のぞ》いていた。でも見なかったことにする。

私が欲しい、と無言でそう告げてるようだ。

けれど私の答えは決まってる。

「ご冗談を。先生にはもっとふさわしい女性がいらっしゃいます」

「……そうか。君は……本当に強くて、いい女性だ」

はぁ～……とサバリス教授が大きく溜め息をつく。

女学生の間では、いつも笑っていて、ハンサムなことで人気の彼が。

憂《うれ》い顔で、うつむいている。心からショックを受けているようだ。

「申し訳ないです」

「いや、君は全く悪くない。……ああ、タイミングが悪かったなぁ」

教授は席に深々と腰を下ろして、両手で頭を抱《かか》える。

「もっと早くに、君に愛を伝えていれば……悔いても悔やみきれないよ。あんな未熟な若造に、愛《いと》しい君を取られるなんて」

教授の助手となったのは、アルセイフ様のもとへ嫁ぐ前のこと。

そのとき私は確かにフリーだった。その当時に告白されていたら……どうだろう。

それはわからない。でも今この場にいる私は、夫以外の男性とどうこうするという気は一切ない。

アルセイフ様の妻として、貴族の人間として、そんな不貞は働けない。

「カーライル君。精霊王の力の検証は、明日以降にしてもらってもいいかな？」

「え、ええ……それはかまいませんが、どうしたんですか？」

「いやなに……君に振られたのが、相当、こたえたみたいでね。家に帰ってふて寝したい気分なのさ……」

今にも泣きだしそうな顔のサバリス教授。

整ったお顔の彼が、いつだって微笑んでいる彼が、こんな顔をしていたら、女だったら庇護欲《ひごよく》がそそられてしまうだろう。

「そうですか。では、今日は失礼します」

私が部屋を出ていこうとする。

「はぁ……気を引こうとする作戦、失敗か」

「やはりですか……」

どうにも表情がわざとらしすぎると思っていた。やれやれ。

さっきの落ち込んでる態度から一転、サバリス教授は微笑みを浮かべている。

「こんな小娘に執着するよりは、別の素敵な出会いを求めた方がいいですよ」

「それは難しい。この失恋はしばらく引きずりそうだ」

「それは大変申し訳ないことをいたしました」

「と言っても、私になびいてくれないのだろう？」

「当たり前です。それじゃ」

私は部屋を扉を開けて、出ていく。

「明日からの力の検証、よろしくお願いします」

「ああ、全力を尽くすよ。またね、カーライル君」

●セレスティア side

一方、フェリアの義妹、セレスティア＝フォン＝カーライルはというと……。

「くそ！　あの女！　なんなのよ！　復学とか！　聞いてないわよ！」

セレスティアは自分の部屋のベッドにうつぶせになり、ぼすぼすと枕を叩く。

「目障《めざわ》りな女が消えてせいせいしたと思ったのに……！　くそ！」

淑女らしからぬ言動のセレスティア。

彼女が荒れるのには、理由があった。

「ハイア様……留学先から、帰ってらっしゃるわよね。そうなると……あの女と接触するはず……」

ハイア＝フォン＝ゲータ＝ニィガ。

フェリアたちが住んでいるゲータ＝ニィガ王国の、第五王子にして、セレスティアの婚約者だ。

美形で背が高く、しかも王族。

自分の婚約相手にはふさわしい。

義理の姉に婚約者を押しつけたのは、ハイア王子から、カーライル家に婚約の申し込みがあったからだ。

騎士爵のアルセイフと、王族のハイア。

どちらがより結婚相手にふさわしいか考えて、セレスティアはハイアを選んだわけである。これでハイアを選ばない理由がない。

父にわがままを言って、姉に婚約者を押しつけて、さぁこれで王族の仲間入りだ……！　と喜び勇んでいたのだが……。

婚約話がまとまり、初めて、ハイア王子に謁見《えっけん》となったのだが……。

『なんだ、愚昧《ぐまい》な妹が、どうしてここにいる？』

ハイアはセレスティアが来るなり、開口一番そう言ったのだ。

『我が用があるのは、賢姉《けんし》のフェリアのほうだ。貴様のような愚者になんぞ用はない。さっさと去るがよい』

……どうやらハイアが望んでいたのは、自分ではなく、姉だったようだ。

『なに？　フェリアはレイホワイト卿《きょう》と婚約しただと？』

『は、はい……』

セレスティアがうなずくと、ハイアは手で顔を覆い、はぁ……と深々と溜め息をついた。

露骨に、ショックを受けていた。

『あ、あの……わたくしでは不十分でしょうか？　わたくしだって、カーライル家の令嬢、あなた様にふさわしい女かと』

するとハイアは鋭い瞳でにらみつけてきた。

『黙れ。貴様、我を愚弄《ぐろう》するつもりか？』

ただにらんでいるだけなのに、彼からは強烈な怒りの波動を感じた。

『貴様なんぞ面《つら》しかとりえのない、中身が空洞のバカではないか』

『な、中身……からっぽの……ば、ばかぁ……？』

『事実その通りだろう。貴様の学校での成績は最下位だそうじゃないか。しかも社交界での悪い噂もよく耳にする。随分と横暴な娘だとな』

一方で、とハイアは続ける。

『フェリアは聡明で、美しく、誰に対しても物腰が丁寧で、まさに貴族の手本のような女だ。我にふさわしいのはフェリアであって、貴様のような愚物ではない』

『ひ、ひどいわ……あんまりですう……』

あまりの言いように、セレスティアは涙を流す。

だがハイアは態度を変えない。

『そうやって泣いて同情を買おうとする前に、素行を改めることだな』

ハイアは立ち上がって、そっぽを向いて、部屋から出ていこうとする。

女が泣いているというのに、たいして気にしてる様子はない。そこに、自分への興味の薄さがにじみ出ていた。

『お、お待ちになられて！』

セレスティアがハイアの腕にすがりつく。

『ハイア様は、わたくしとご婚約なさったのですよね!?』

『……不本意ながらな』

ばっ、と腕を払って、ハイアがセレスティアを見下ろす。その瞳に自分に対する興味や関心はなく、ただ、怒りだけがあった。

『カーライル家の麗《うるわ》しき令嬢との婚約が決まったと知って、喜んでいたのだが、引いたのがとんだ外れクジだったとな』

『はず……れ……』

『面のよさだけで社交界で幅を利《き》かせているような、俗物に我は興味ない。ああ、フェリア』

どうやらハイアは、義姉にかなりご執心《しゅうしん》のようだ。

どこで知り合ったのかは知らない。

だが、明確に比較されていた。姉の方がよかったと、はっきりと。

時は戻って。

「……はぁ」

セレスティアは鬱々《うつうつ》とした気持ちのまま、ベッドに横になっている。

「ハイア様……」

ハイアが留学先から戻ってくる。そうなると、復学した姉と鉢合わせることになるだろう。

ますます、ハイアの関心がセレスティアから離れていく羽目になりかねない。

「婚約破棄とかされたら、どうしよう……」

姉と結婚したいがために……。

「いや、ない。あり得ないわ。だってハイア様は王族なのよ。公爵家との婚約を破棄するなんて、非常識なこと、するはずがないわ」

そう、いくら自分のことが好きでなくとも、彼の心に姉がいようとも、ハイアは王族。

王族としての立場がある以上、自分が捨てられることはない……はず。

だがどうにも心のモヤモヤが晴れることはない。

一方で、姉に対する悔しい気持ちが沸き上がってくる。

「なんなのよ！　あの女ぁ……！　今さら復学なんて！　目障りなのよ！　くそ！　くそ！　なんで姉様ばっかり評価されるのよ！　チクショウ！」

……この貴族らしからぬ言動を見れば、一目瞭然《いちもくりようぜん》であるのだが。

わがままな彼女に、それを指摘するような人間は、この屋敷には存在しない。

ちょっとでも異を唱えるような使用人はすべて、父に言ってクビにしてきた。

父は義理の娘であるセレスティアの言いなりである。叱《しか》るわけがない。

……唯一、注意や叱ってきたのは、義姉のフェリアだけだった。

だがそんな姉のお小言を、全部聞き流し、あまつさえ姉に悪態をついてきたのは他でもないセレスティア自身。

……そう。とどのつまり、ハイア王子から冷たくされているのは、姉がいるからではなく、自分に女としての魅力がないから。

それを、気づけない、だからセレスティアは愚かであるのだと王子に指摘されたのだが……。

「フェリアめ！　覚えてなさいよ！」

姉に理不尽な怒りをぶつけてる時点で、救いようのないくらい、セレスティアはバカなのだった。

●フェリアside

学園生活初日を終えた私は、レイホワイト家のお屋敷に戻っていた。

お風呂から上がって、自分の部屋で、侍女《じじょ》のニコに髪を乾かしてもらっている。

「フェリさま……あの男のことなんですが」

「アルセイフ様のこと？」

「ええ……なんか、今日お屋敷に帰ってきてから異常じゃないです？」

「まあ……そうね」

学校を終えて帰ろうとしたら、アルセイフ様が待ち構えていた。

馬車に乗っているときも、屋敷へ入ってくるときも、食事をしてるときも。

彼は私のそばにずっといた。

ちょっと懐きはじめた頃のコッコロちゃんみたいで、可愛いかなって思っていたのだが。

さすがに風呂にまでついてこようとしたときは、どうかと思った。

そのときは一号に頼んで、浴室の外へ連れ出してもらったが。

「フェリさまへの執着が日に日に増してると思います」

「そう？」

「ええ！　そのうち氷に閉じ込めて、あなたを永遠に俺のモノにしたい！　とか変なこと言いだしますよきっと」

そんなことはない、と言いたいけど、最近のアルセイフ様の言動を考えるに、大袈裟《おおげさ》じゃないように思える。

「そのときはこのニコめが！　お守りいたしますのでご安心を！」

「まぁ、頼もしいこと」

私は微笑むと、ニコがうれしそうに笑う。

と、そのときだった。

コンコン……。

「むむ！　こんな時間に、淑女の部屋を訪れるなんて、いったいどこの不埒《ふらち》モノだ！　あたしががつーんて言ってやる！」

ニコが髪を乾かす手を止めて、入り口へと向かう。

「うひー！　フェリさま～！」

ドアを開けてやってきたのは、アルセイフ様だった。

「こんばんは」

「ああ」

ちらちら、とアルセイフ様がニコを見ている。

ああ、二人きりになりたいのか。

それならそうと口に出せばいいのに、プライドが邪魔してしまうのだろう。やれやれ。男の人ってほんと見栄《みえ》っ張りなんだから。

「ニコ。今日はもう下がっていいわ」

「は、はひ〜……」

アルセイフ様から距離を取って、ぴゃっ、とニコが部屋から出ていく。

威勢のいいこと言ってたけど、まだまだ子供だ。

まあアルセイフ様は冷酷なる氷帝のあだ名で恐れられてる存在だし、怖がるのも無理はないけど。

「それで、どうしたのですか、アル？」

二人きりのとき、私は彼のことをアルと呼んでいる。

すると彼はすごくうれしそうに笑うと、私のもとへと近づいてくる。

「おまえと話したかった」

「そうですか。ではベッドに移動しましょうか？」

私たちは並んでベッドに座る。

月明かりが窓から差し込み、彼の美しい銀髪が、より輝きを増している。綺麗だな、と素直に思う。

「フェリア」

「なんでしょう？」

「あの男とは……本当に何もないのだな？」

多分サバリス教授のことを言っているのだろう。

何もないって、言われたとしても、やっぱり気になってしまうようだ。

「何もないですよ」

「……何もなかったよな？」

「あり得ません」

私は正直に答えているのだが、まだ不安らしい。

彼はすぐに顔に出てしまう。感情が。

だから次に、彼が私のことを抱きしめてくるのはわかっていた。

「フェリア」

ぎゅっ、と彼が抱きしめてくる。

私をつなぎ止めておきたいのが、その抱擁《ほうよう》の強さから伝わってくる。

つなぎ止めるも何も、私はこの人以外とどうこうする気はさらさらないのだが。

「そんなに強く抱きしめられたら、苦しいですよ」

「す、すまん……！」

私からぱっと距離を取って、彼が頭を垂れる。その姿はまさにコッコロちゃん二号。

子犬みたいに可愛い人ね、ほんと。

少し考えて、私は彼に提案する。

「アル。膝枕、してみませんか？」

「なっ……!?」

彼の顔が一気に真っ赤になった。そうやって恥ずかしがってる様子が可愛らしい。

「な、何を言いだすのだ急にっ」

「コッコロちゃんにはよく膝枕してあげてたんです。アナタを見てたら、またしたくなって」

「くっ……！　なんと羨《うらや》ましいことを……！　あの犬ぅ……！」

「で、どうします？」

彼はチラチラと私に目配せしたあと、ゆっくりと近づいてくる。

私の太ももに彼が頭を乗せてくる。

「意外と肌綺麗ですねあなた」

きめ細かい白い肌に、私が触れる。

するとそこが発熱したように真っ赤になった。

「照れてます？」

「……当たり前だ。好きな女が膝枕してくれてるんだぞ？　ドキドキして当然だ」

コッコロちゃんに襲われそうになった夜から、アルセイフ様はどんどんと変わってきている。

変化の一つに、彼がとても素直になったことがあげられる。

思ったことを私の前だけでは、素直に口にしてくれる。

外だと照れてしまうのだが、それがまた愛らしい。

「フェリアはどうなんだ？　俺と一緒にいてドキドキするか？」

「うーん……どうですかねぇ」

彼にドキッとさせられることはあまりない。

私が彼より年上だってこともあるだろうし、私があまり激しく心揺さぶられるような質《たち》じゃないからかも。

「……そうか」

しゅん、とコッコロちゃん、おっと、アルセイフ様が落ち込んでしまう。

多分私も同じだと言ってほしかったのだろう。

「でも、好きですよ」

「ほんとかっ」

「ええ。可愛いです」

簡単に機嫌が直っちゃうところとか。

「……男に対して可愛いは、ちょっと」

「あら、ではもう二度と言ってあげませんが？」

「なっ！　そ、それは……困る！」

大慌《おおあわ》てする彼が、おかしくて、私は笑ってしまった。

すぐに冗談だと気づいた彼が、拗《す》ねたようにそっぽを向いてしまう。

「ごめんなさい」

「ふん」

「謝ってるんだから、許してくださいよ」

「……では、頭をなでろ」

「はいはい」

彼の銀髪をなでると、彼が甘えたように、私の膝に頬ずりしてくる。

「コッコロちゃんは甘えん坊ですね」

「……誰がコッコロちゃんだ」

「おや、私のお膝の上で、子犬ちゃんみたいに甘えているあなたのことですが」

「くっ……」

照れてる彼の赤くなってる頬をつついてみる。意外と頬は柔らかい。

「これで安心してくれました？」

「……なんだ、藪《やぶ》から棒に」

「あなた、ちょっと不安そうだったので」

夫のメンタルケアも、妻の仕事だ。

仕事というか、まあ、私がそうしてあげたいって思っただけかもだが。

「こんなことするの、あなたとだけですよ……って、きゃ！」

彼が起き上がって、急に抱きついてきた。

まったく、挙動が完全に犬なんだから。

「フェリアっ。好きだっ。愛してるっ」

ぎゅーっと、彼が私に抱きついて、ふすふすと、髪の毛の香りを嗅いでいる。

「はいはい、私も好きですし、愛してますから、明日からもちゃんと仕事してくださいね」

六章

●フェリアside

私が国立魔法学校に通うようになってから一週間ほどが経過した。

特に問題もなく私は学校生活を送れている。

コッコロちゃん二号こと私の夫がしばし学校に乗り込んでくる以外、大きな出来事もなく過ごせていた。

そんな、ある日のこと。

私がいつものように、友人たちと昼食を摂《と》っているときだった。

「何だか騒がしいですね」

食堂の入り口に人だかりができていた。

主《おも》に女子たちの黄色い声が聞こえる。

「ああ、ハイア王子が復学したみたいね」

友人のアニスが興味なさそうに言う。

ハイア王子はこの国の第五王子で、最近まで隣国、フォティアトゥーヤアに留学していた。

留学期間を終えて、この学園に戻ってきたらしい。

私たちとは違うクラスなので会うことは滅多《めった》にない。

「まあでも挨拶《あいさつ》くらいはあとでしておこうかしら」

「「え……!?」」

友人たちが驚愕《きょうがく》の表情を浮かべる。

「どうしたんですか?」

「え、ちょ……なんでフェリがハイア王子に挨拶なんかするの!?」

「そうだぜ! フェリが男に興味を持つなんて!」

失礼な、まるで全く男に興味がないみたいな感じではないか。

まああまりないけど。

「ハイア王子は私の……」

そのときだった。

「ちょっと失礼。いいかな?」

誰かが声をかけてきた。

見上げるとそこには、赤い髪の少年がいた。

「ああん？　んだよてめえ……？」

スヴェンが立ち上がって、凄《すさ》まじい形相《ぎょうそう》でにらみつける。

「スヴェン、何をケンカ腰になってるのです」

「だってよぉ！　こいつはオレ様のフェリに無断で声かけてきたんだぜ？」

彼はスヴェンの言葉を聞いて「オレ様……の？」と表情を険しくする。

「確か君はフォティアトゥーヤァの王子だったと記憶しているが。なぜここにいるのだね？」

「フェリを王妃にするまで国に帰るつもりはないんだぜ！」

「交換留学の期間を過ぎたのだから、早く国に帰るべきだと私は思うのだが？」

彼は冷たくそう言う。

「ああ!?　んだと」

「はいはい、そこまで。スヴェン、やめなさい」

赤い髪の彼はフッ、と笑うと頭を下げる。

「久しぶりだねリア」

「「リア!?」」

気安く話しかけてくる彼に、驚く友人たち。

「久しぶりです、殿下」

「「殿下!?」」

いや、そこ驚くところじゃないでしょうに……。

「リア。殿下はやめてくれ。昔みたいに呼んでおくれ」

「それは無理です。今はお互い立場がありましょう」

「それもそうだね。リア……じゃなくて、フェリア君。元気だったかい」

「はい。殿下もお元気そうでなによりです。ちょっと背が伸びました？」

「ははっ、二〇センチくらいね」

ちょっぴり得意げに笑う殿下。そこにはかつての面影《おもかげ》があった。

昔を思い出してうれしくなる。

「まあ、それは大きくなりましたね」

私たちが和《なご》やかに話してる一方で、友人たちがそわそわしている。

「……あ、あのぉ」

モナが恐る恐る手を上げる。

「……殿下と、フェリさまは、どういうご関係で？」

ああ、そうか。みんなには言っていなかった。

「ハイア殿下とは、幼馴染《おさななじ》みなのですよ」

唖然とした表情を浮かべたあと……。

「「「お、幼馴染みぃいいいいいいいいいいいいいいい!?」」」

「声が大きいです。公共の場でさわいではいけません」

「「はい……」」

にこやかに笑うハイア殿下。

「ご一緒してもいいかな？」

「ええ、もちろん」

ややあって。

私たちは紅茶を飲んでいた。

……だが、私の左右には友人たちがいて、がるる……とうなり声を上げている。

「みなさん、殿下はこの国の王子なのですから、あまり失礼のないように」

「「…………」」

「返事」

駄目だ聞いてない。

「ねえフェリ。殿下と幼馴染みって言うけど、具体的にどういうつながりなの？」

「年も近かったし、パーティでは毎回お会いしてました。昔はよく一緒に遊んだものです」

「リアは……フェリア君は私にとっての姉みたいな存在だったのだよ、お嬢さん」

にこやかに笑うハイア殿下。

うぐ……とアニスがたじろぐ。

「しかし体の弱かった泣き虫が、今や大きくなって、立派な王子様なんて、時が経《た》つのは早いものですね」

「まったくだ。君は立派に成長し、とても美しいレディになった。時とは残酷なモノだ……」

切なそうな顔をするハイア殿下。

「そうだ。フェリア君。婚約……おめでとう。レイホワイト家のご嫡男《ちゃくなん》と結ばれたそうだね」

ニコッと笑って殿下が言う。

「ありがとうございます」

「レイホワイト家は我が国にとって最も大切な剣の一つだ。同じく重要人物の君にふさわしい嫁《とつ》ぎ先だと思うよ」

歯の浮くようなセリフをさらっとささやいてくる殿下。

微笑んだままよどみなく、そう言えるなんて、まったくプレイボーイになったものだ。

昔の彼を知らなかったら多分ドキッとしてただろう。

でも私から見れば彼は年の近い弟みたいなものなので、そういう艶《つや》っぽい感情は抱かない。

「いえ、私なんて、取るに足らない女ですよ」

「相変わらず謙虚だね、素敵だと思う」

「まあ、お世辞がお上手ですね」

「十六ともなれば多少はね」

微笑みながらお茶のカップを傾ける私たち。

「あ、そういえばセレスティアとご婚約なさったとうかがいましたが……」

「ああ……」

さっきまで機嫌のよかった殿下が、一転、疲れたように息をつく。

「そうだね」

「何かあったのですか？」

「いや……何もないさ。そうなってしまった以上、そうするほかない」

「はぁ……」

何を言ってるのかわからないが、何かあったのは確実だろう。

「あの子のことで何かわからないことがありましたら、遠慮なく申しつけてください」

「ありがとう。ただ、もう他家と婚約した君と、あまり仲良くしてしまうのは、立場上よくない。王家の人間として、一つの家に肩入れするのは特にね」

ハイア殿下は立ち上がって、にこやかに笑いかける。

「友人とのランチタイムを邪魔して、すまなかったね、フェリア君。それにご友人の皆も」

では、と言ってハイア殿下が去っていこうとする。

ぴた、と立ち止まって、こちらを見て小さくつぶやく。

「……やはり君が、いや、詮無《せんな》きこと」

ふるふる、と疲れたように首を左右に振って、彼は歩み去っていった。

「「…………」」

友人たちが顔を突き合わせている。

「……どう思う、あれ？」「……どう見ても気があるだろ」「……そうよね！　チクショウ！　男が群がりすぎんのよ！」「……油断ならねえな本当に！」「……で、でも紳士的では？」「……ばっか、ああいうのが実はヤベえやつなんだって！」

友人たちがまたゲスの勘ぐりでもしているのだろう。やれやれ。

「そういう間柄ではありませんし、お互い婚約者がいるのに、どうこうなるわけないでしょ」

「「…………」」

なぜか知らないけど、友人たちはあきれたような目を私に向けて、溜息をついたのだった。

●アルセイフ side

ある日のこと、フェリアの夫アルセイフは、騎士団の厩舎《きゅうしゃ》で愛馬の手入れをしていた。

アルセイフが副団長を務める騎士団、【赤の剣】の団員たちも、自分たちの馬を世話している。

彼がそわそわしていると、団員たちが察したのか、すっ……と距離を取る。

オレンジ色の髪の団員ハーレイに、すっ……とアルセイフが近づく。

「ハーレイ、聞いてくれ」

「フェリア様のことですよね？」

アルセイフが目を丸くする。

「なぜわかる？」

「あなたの口から出ることの九九パーセントは、フェリア様のことじゃないですか」

背後で、団員たちがうんうん、とうなずいている。

だが話を聞かれていると、アルセイフがしゃべりにくいだろうからと、空気を読んで、自分たちの作業をしているフリをしていた。

皆、この不器用な副団長様と、奥様の恋愛喜劇が大好きなのである。

「うむ、まあそうだ。フェリのことなんだが……最近、辛《つら》くてな」

「辛い？」

「ああ……フェリアの友人とやらが、休日になると、たまに遊びに来るようになったのだ」

……なんだそんなこと、とハーレイは決して、否定の言葉を言わない。

彼もまた真剣なのだ。

「それのどこが問題なのですか？」

確かに、と団員たちがうなずく。

「フェリが……俺以外のやつと、楽しくしているのが……辛くて」

子供か……！　と全員がツッコみそうになるのを我慢する。

「子供ですか、副団長」

ハーレイだけはズバッと言う。

前はここでキレていたアルセイフだが、何度も悩みを聞いてもらっているハーレイ相手には、感情的になる頻度《ひんど》も減った。

「聞いてくれ。フェリのやつは、隣国の王子と仲良くするのだ。しかも女が二人も、常にべったりとあいつの左右を守っている。あいつらが遊びに来るたび、俺はフェリと会話もできん、デートもできん……俺は、死んでしまいそうだ……」

「あー、まあ、友達の内輪で盛り上がってる最中に、外野が入るわけにはいきませんもんね」

「そうだ！　その通りだ。なんとかならぬか……？」

今回の相談もたいしたことない内容だ。

けれどアルセイフは、実に真剣に、ハーレイに答えを求める。

団員たちも、ハーレイが彼にどうアドバイスするのか気になる一方で、そんな子供じみた悩みを打ち明ける副団長に、微笑ましい目を向ける。

なんと言っても、アルセイフは若きホープ。

団員たちより年が下なのだ。

彼らからすればアルセイフは上司である一方で、弟的なポジションの存在である。

特にフェリアが彼の家に来て、部下とのコミュニケーションが円滑に取れるようになってからは、アルセイフをどこか手のかかる弟のような存在だと思うようになっている、団員たち。

「別に問題ないのでは？　だってご友人が遊びに来るといっても、休日の、しかも数時間くらいでしょう？」

「ああ」

「それ以外はずぅ〜〜〜〜っとフェリア様を独占してるのでしょう？」

「無論だ」

無論って……とみんなが内心でツッコミを入れる。

「いいじゃないですか、少しくらい自由にさせても」

「しかし！　その間に心が動いてしまったらどうする！　特にあの隣国のチャラ王子に！　俺のフェリアが、取られてしまったら……！」

ないない、と団員たちが首を左右に振る。

馬もブルル、とまるでアルセイフの言葉を否定するかのように、いななく。

「副団長。サボテンをご存じでしょうか。砂漠に生える植物ですが」

「……知ってる。それがなんだ、急に？」

「あれ、観賞用でも出回っていて、よく勘違いなさる人が多いのですが、あまり水をあげるのはよくないらしいですよ」

「はぁ……」

よくわからないたとえ話をされて、困惑《こんわく》するアルセイフ。

「砂漠で生える植物ですから、少しの水で十分なんです。逆に、過剰に水をあげすぎると腐ってしまうんです」

「……それがどうした？」

じらされていらだつアルセイフとは対照的に、余裕の笑みを浮かべながら、ハーレイが恋愛初級者に教え説く。

「恋人との関係も同じですよ。愛情を注ぎすぎるのも、よくないんですよ」

「冷たくしろということか？」

ちがうちがう、とハーレイが苦笑しながら首を横に振る。

「少しはフェリア様をご信頼なさっては、ということです」

「……信頼、か」

「ええ。アルセイフ様のフェリア様への愛は本物でしょう。でも相手が自分を愛してくれているか、不安。だから過剰にベタベタしてしまう側面も、あるのでは？」

違う、と否定できない自分がいた。

「フェリア様もあなたを愛してくれてますよ。彼女の愛を少しは信じてあげたらどうです？　そんないちいち目くじら立てずとも、彼女はアナタを一番に思ってますって」

「……そう、だろうか」

うんうん、と団員たちがうなずき、馬もぶるるう、と鼻を鳴らす。

「いいじゃないですか。ご友人と遊んでいる間くらい、好きにさせては」

「しかしその間にあの男に取られては……」

「だから、大丈夫ですって。フェリア様はアルセイフ様が大好きで、他の男と付き合う気なんて毛頭ないんですから」

「……なぜそこまではっきり言いきれる？」

そりゃ……とハーレイがあっさり言う。

「奥様とたまにお茶しますし、おれ」

「なっ⁉　き、貴様……！　俺のフェリと密会してやがったのか！」

今にも剣を抜こうとするアルセイフ。

ハーレイは焦《あせ》らない。むしろあきれる。どんだけ子供なんだよと。

「いや密会って……ちょっとお茶するくらいですよ。ほら、フェリア様たまにアナタのもとに顔出しに来るじゃないですか」

ほっとくと勝手に学校に入ってくるので、フェリアが対策として、自《みずか》ら出向いてくるようになったのだ。

授業の空き時間とか、昼休みとかに。

アルセイフは副団長という立場上、色んな会議に参加するので席を外していることもある。

そんなとき、フェリアが待っている間の話し相手になっているのだ。

「き、貴様……！　俺に黙ってフェリと……茶をしてたのか！　なんと羨《うらや》ましい……！」

「いやあんな美人を嫁にもらって、四六時中尽くしてもらってる、アナタの方が羨ましいですよ」

うんうん、と団員たちがうなずく。

「ふふん、そうだろう？」

ハーレイにフェリアを褒《ほ》められ、まんざらでもないアルセイフ。

「と、とにかく！　俺に黙って会うのは禁止！」

「えー、いいんですか？　アナタの知らない色んな情報、彼女から引き出してるんですけどねー」

「なっ……！　ど、どんな情報だ!?　聞かせろ！」

別にハーレイもフェリアとどうこうする気はない……というか。

彼と嫁との仲を応援したいとさえ思っている。

その方が団の活動が円滑に進むからである。

「フェリア様がそろそろ、お誕生日なのはご存じですか？」

「誕生日だと……？」

そのリアクションだけで、アルセイフが把握していなかったことを察する面々。

「ええ。来週末が誕生日だそうで」

「そうか……くっ！　なぜそんな重要な情報を、俺は知らなかったのだ！」

本気で悔やむアルセイフ。

「逆になんで知らないんですか？」

「聞く機会がなかったからな」

「どうして、夫婦の会話で出てこないんですか？」

「あなたの誕生日はいつですか、なんて聞けるか……恥ずかしい……」

どうやらアルセイフは、好きな子の誕生日すら聞き出せないほど、うぶであるらしかった。

ふふ……とまたも団員たちが微笑ましい目を、若き副団長に向ける。

「いい機会ですから、何か贈り物をするのはどうでしょう？」

「し、しかしフェリの好きなモノ……わからん……」

やれやれ、とハーレイが息をつく。

「おれ、知ってますよ？　フェリア様の好きそうなモノ」

「なにぃいい！　それは本当か!?」

ハーレイの肩をつかんで、ガクンガクンと揺らす。

「ほ、ほんとですって。ほらね、お茶友でよかったでしょ、おれと奥様と」

「う、うむぅ……そうだな……しかし……ああ許しがたい……フェリ……俺のフェリ……他の男と話さないでほしいのに……ぐぬ……」

ハーレイは、内心でフェリアへ感謝する。

嫁ができてから、この団は、非常に風通しのよいものになった。

以前は冷酷なる氷帝を、部下すらも怖い存在だと思って、距離を置いていた。

だが今はどうだろう。

部下たちがみな、年若く、そして恋を知らぬ少年の、大好きな女の子に好かれようと懊悩《おうのう》している姿に、エールを送っている。微笑ましいモノを見る目で見守っている。

ある意味で、団が一つにまとまっていた。

フェリアがいなければ、こんなふうに、団がまとまることはなかったろう。

恐ろしい氷帝の独裁政権のようになっていたに違いない。

(フェリア様には頭が上がらないや……)

「ハーレイ！　それで、フェリは何が好きなのだ！」

「ご自分でそれとなく聞いてみるのは？」

「そ、それができれば苦労はせん！　馬鹿者がっ！」

団員たちはみな、この不器用な副団長の恋の行く末を、温かく見守るのだった。

●ハイア side

ハイア＝フォン＝ゲータ＝ニィガ。

フェリアの義妹、セレスティアと婚約することになった王子。

彼の目下《もっか》の頭痛の種は、婚約者……セレスティアにある。

「はぁ……」

ハイアは馬車に乗り、ある夜会へと向かっていた。

「どうなさりましたのぉ～ん、ハイアさまぁ～？」

自分の隣に座り、べったりとくっついてくる少女……セレスティア。

甘ったるい声で、こびを売ってくるその姿に、ハイアは辟易《へきえき》としていた。

「セレスティア……ちょっと離れてくれないか。私は疲れているんだ」

「あら！　それは大変ですわぁん！　なんだったら膝枕でもしましょうか？　子守歌を歌って差し上げます？　わたくしなんでもいたしますわぁ！　なんたって、あなたの女ですものぉ！」

……やめてほしかった。

セレスティア＝フォン＝カーライル。カーライル公爵家の次女。

賢いフェリアと違い、セレスティアを一言で表すなら、愚かな女であった。

彼女はとてもわがままだ。

侍女《じじょ》や城の者たちに、わがままを言っては困らせていると聞いている。

さらに、彼女は自分が一番でないと気が済まないらしい。

セレスティアはハイアにとっての一番になろうと、二人きりの時は、こびを売りまくってくる。

正直、鬱陶《うっとう》しい。

こちらの心労など気にかけず、ベタベタとくっついてくる……。

（こんなとき、リアだったら……）

フェリア。幼馴染みの少女。彼女は実に聡明だ。

自分の振る舞いが、自分だけでなく、他者の評価を下げる可能性があることを知っている。

公爵令嬢として、ふさわしい振る舞いをするだけでなく、他者をいたわる心まで持っている。

……正直、性格面において、妹とは雲泥《うんでい》の差と言わざるを得ない。

フェリアなら、こちらが疲れている、と言わずとも、察してくれる。

そっとしておいてくれと言ったらそうしてくれる。

過剰にこびを売ることもなく、ただ静かに、そばにいてくれる。

それだけでいいのだ。なのに、このセレスティアという女は、なぜそれができないのだ？

（駄目だ……婚約したリアと、再び会ってから、彼女のことばかり考えてる）

今、彼女はレイホワイト騎士爵の家に嫁いだ。

もう、幼い頃のように、気安く仲良くできない。してはいけない。

フェリアもそれを承知しているからか、学園でも、わきまえた振る舞いをしてくる。

……それが、とてもさみしかった。

「……いいか、セレスティア。先に言っておくことがある」

「なんですのぉん？」

……その甘ったるい、鼻につくようなしゃべり方をやめろ。

そう言っても聞いてくれないのだろうな、と諦《あきら》めつつ、ハイアはセレスティアに忠告する。

「これから行く夜会では、他国からも大勢の客が参加する。君の振る舞いは、彼らに見られている。それを意識してくれ」

「はぁい！　わっかりましたぁん！」

全くわかってるようには思えなかったので、なおも釘を刺しておく。

「パーティでは騒ぎを起こすな。いいか、絶対に起こすんじゃないぞ」

「わかってますってぇん♡」

ぎゅっ、セレスティアが腕にしがみついてくる。

やめてほしかった。この女は、加減を知らない。ぎゅーっと、力一杯抱きしめてくるのだ。

フェリアなら。控えめに、そっと手を重ねてくるくらいだろうか。

その方がいい。そもそも人に触られるのが好きじゃないのだが。

それを何度言ってもセレスティアは聞き入れてくれない。照れ隠しだと思っているらしい。

フェリアは、言わずとも、態度で察してくれるのに。

◆

ハイアたちを乗せた馬車は夜会の会場へと到着した。

隣国である、マデューカス帝国との国境付近にある古城でのパーティ。

帝国貴族も参加するパーティだ。

普段以上に振る舞いを気をつけねば、王国の品位を下げることになりかねない……。

だというのに……。

「ちょっと何！　この料理作ったのは誰!?　わたし辛《から》いの苦手なんですけど！」

……セレスティアは、あれだけ注意したというのに、態度を改めなかった。

パーティ会場の護衛に来ていた騎士たちに当たり散らし、料理に文句を言う。

自分より下の貴族の令嬢たちには「わたくし、王子の未来の妻ですのよ？　何その態度、もっと敬いなさいよ」と平然と他者を見下す発言をする。

「……何あの女」「……ハイア王子の婚約者らしいですよ」「……うわぁ」

当然、セレスティアの言動によって、ハイア、そして王国の評判が落ちていく。

もう何度も注意したのに、セレスティアは目を離したそばから、息をするように他者を見下す。

自慢をする。

（……勘弁してくれ）

心が折れそうになっている、そのときだ。

「殿下？」

耳に心地よい声。

振り返るとそこには、パーティドレスに身を包んだ、美しい少女がいた。

「リア……！」

思わず、声が弾《はず》んでしまった。

おめかしして、華やかに着飾った彼女は、女神と見紛《みまが》うほど、美しかった。

「殿下。また呼び方が戻っておられますよ？」

フェリアは声を潜《ひそ》めて、注意をしてくる。

帝国貴族の目があるから、彼女は指摘してきたのだ。

ああ、これだ。この気遣《きづか》い。

自分が、妻に求めていたモノだった。

「レイホワイト君。君も参加していたのだね」

「はい。夫の付き添いで」

自分がフェリアをレイホワイトと呼ばなければならなかったこと、フェリアが、夫という単語を使ったことが、ハイアにとっては地味にショックだった。

諦めたはずだったのに、フェリアへの思慕《しぼ》の情が、再燃しそうになる。

だが王族である自分が、他の家の夫人と浮気などできるわけがない。

「レイホワイト卿《きょう》にご挨拶をと思っていたのだが、彼はどこにいるんだい？」

「さっきそこで揉《も》め事があったとかで、駆り出されてます」

揉め事……。

セレスティアが関係してないことを祈るばかりだ。

「殿下。はい、どうぞ」

「え？」

フェリアが皿に盛ったラズベリーソースのかかったチーズケーキを、笑顔で差し出してくる。

「これは……？」

「お疲れのご様子でしたので、甘いものでもどうかと」

……このケーキは、ハイアの好物だ。

「覚えていたのか……？」

「ええ、もちろん」

……なんと、できた女だろうか。

彼女からケーキを受け取り、彼女の温かさが伝わってくる一方で……。胸がズキリと痛んだ。

ああどうして、彼女が自分の婚約者ではないのかと。

アルセイフが羨ましくてしょうがない。
こんな素敵な女性が自身を支えてくれているなんて。
どうして、彼女はレイホワイト家へ嫁いだのだ。
なぜ自分のもとに彼女がいない。なぜ……どうして……。
「殿下、これで失礼しますわ」
「あ……ああ」
必要以上に会話をせず、フェリアが去っていった。
彼女は自分の立場をわかっている。
周りには帝国貴族の目があることを、わきまえている。
自分の伴侶《はんりよ》となるべきは、絶対にフェリアなのだ。
自分を理解して、己《おのれ》の立場を理解し、振る舞うことのできる……才女。
（リア……君が欲しいよ……リア……）
しかしそれは叶《かな》わぬ恋。
自分は、あの女の手綱《たづな》を上手《うま》く握っていくしかないのだ……。
と、そのときだった。
「大変ですハイア殿下！」
古城の衛兵が、駆けつけてくる。

「セレスティア様が、階段から、レイホワイト夫人を突き飛ばしたそうです！」

フェリアが突き飛ばされたと聞いて、一瞬、ハイアの頭が怒りで真っ白になった。

●フェリア side

帝国との合同で行われる夜会に、私は参加していた。

アルセイフ様と途中ではぐれてしまい、私は一人会場にいた。

幼馴染みでもあるハイア王子と一言二言挨拶を交わした後、私はお手洗いに向かった。

一階のトイレが故障中ということで、二階へ。

「あんたのせいよ！　この！　下民！　死ね！」

……トイレから会場へ戻ろうとしたとき、よく聞き慣れた女の声を耳にした。

無視するにしては、不穏な内容だったため、様子を見に行くことにした。

階段の近くに、私の義妹、セレスティアが憤怒《ふんぬ》の表情で立っていた。

「やめてください、セレスティア様！」

「うるさい！　命令してんじゃないわよ！　わたしは王族なのよ！　下民風情《ふぜい》が口ごたえすんな！」

セレスティアは侍女を折檻《せっかん》している様子。

髪の毛を引っ張りながら、頬を殴っている。

「おやめなさい！」

思わず、私は声を張り上げる。ぎろりとセレスティアが私を見つめる。

その瞳の奥に、さらなる怒りの炎が燃え上がったように感じた。

「フェリアぁ……！」

場末のチンピラか、と言いたくなるような口ぶりだ。

相当逆上しているのだろう。

「その子を放しなさい」

「あんたまで命令するの!?」

「命令じゃないわ。放しなさい」

私は氷の力を使って、セレスティアに氷雪の風を吹かせる。

足元を凍らせ、突風を吹かせることで、義妹を転ばせる。

その隙《すき》に、私は暴行を受けていた侍女に声をかける。

「お逃げなさい。あとは私に任せて」

「でも……」

「いいから」

侍女はためらったものの、セレスティアの怒りの瞳を見て、怖がって逃げていった。

「何すんのよ！」

「それはこちらのセリフです。なぜあのような、貴族にあるまじき振る舞いを？」

「うっさい！　あの下民の選んだドレスのせいなのよ！」

「はぁ？」

訳がわからない。ドレスがなんだ？

「ハイア様は青い色が好きなのよ！　それなのにあの侍女！　わたしに赤いドレスなんて着せやがった！　だからハイア様に関心を持ってもらえなかったの！」

……どうやら婚約者の、ハイア殿下と何かあった様子だ。

「あなた、赤い色が大好きじゃないですか。侍女はあなたの好みに合わせて選んでくれたのでしょう？　それをあんなふうに当たり散らすなんて」

「だまれぇ……！」

セレスティアがより一層、怒気を強めて言う。

「誰のせいで！　わたしがこんなにみじめな思いをしてると思ってるんだ！　落ちこぼれのくせに！　一族の汚点のくせに！」

「何の話をしてるんです？」

「うるさい！　仲良くしやがって！　おまえさえいなければ！　わたしは愛されたのに！　おまえがいなければ！」

……まったくもって、意味がわからなかった。

論理的な会話ができないくらい、頭に血が上っているらしい。

「一度、頭を冷やしなさい」

「うるさいうるさいうるさぁあああああああああああああい！」

セレスティアはそう叫ぶと、私に向って、タックルを食らわせてきた。

私は突き飛ばされ、一瞬の、浮遊感を覚える。

え……？

戸惑《とまど》う私をよそに、世界がスローになっていく。

ゆっくりと、私は階段の下へと落ちていく。

……なぜこうなったのだろう。

突き飛ばされる寸前に見た妹の表情は、憎しみにまみれていた。

私の言い方がきつかったからだろうか。だとしても、こんなことをするような子ではなかったと思うが。私はあの子の逆鱗《げきりん》に触れてしまったらしい。

年下の妹相手に、無意識に感情を逆なでしてしまったことに申し訳なさを覚える。

ああ、地面があと少しのところまで来ていた。

痛いのは嫌だな……。

がつん！

「……え？　う、うそ……わ、わたし……ち、ちが……」

「きゃあああああああああああ！　人殺しぃいいいいいいいいい！」

「ち、ちがう！」

遠くでぼんやりと、女の声が聞こえる。

気づけば目の前に、さっき私が助けた侍女がいた。

「フェリア様！　大丈夫ですか!?　今、人を呼んでまいりました！」

「え、あ、はい。ありがとうございます」

「しっかり！　死なないで……って、え？」

「え？」

……あれ？

私、頭から落ちたのに、なんでか普通に会話できてる。

「ふぇ、フェリア様……」

私はゆっくりと体を起こす。

手足が、思ったように動く。頭に痛みもない。

「これは……なに？」

私は七色の光に包まれていた。

光の膜、とでも言うのか。私の全身をすっぽり覆《おお》っている。

私が膜に触れるとぶにぶに、と弾力を帯びていた。

「これは、結界魔法？　しかも、かなり高度な……」

「リア！　リアぁ！」

そこへ、全速力で駆けつけてくる人物がいた。

幼馴染みの、ハイア殿下だ。

血相を変えて、ハイア殿下が私のもとへとやってくる。

「大丈夫か!?　階段から突き飛ばされたと！」

「あ、はい。なんともありません。どうやら結界魔法が働いたようで」

「結界……だと？」

ハイア殿下は、私が体にまとっている七色の光の膜に気づいて、目を見開く。

「きょ、極光のオーラ！　これは……まさか王家に伝わりし、伝説の！」

がし、とハイア殿下が私の肩をつかんで、ぐいっと引き寄せる。

まじまじと私、というか結界を見つめている。

「あ、あの……近いです」

「あ、す、すまない」

ぱっ、とハイア殿下が私から距離を取る。

光の膜は放っておくと、自然に消えた。

「とにかく、君が無事で何よりだ。よかった……よかった……」

彼が声を震わせて、涙をこぼしている。

ハイア殿下はなぜ泣いているのだろうか。

ああ、自分の婚約者が私を傷つけたから、申し訳ないと思ってるのかもしれない。

「殿下。今回の件、私にも非が……」

「……もう、我慢ならん」

ぶるぶると、ハイア殿下が怒りで体を震わせている。

「あの、もし？」

「……身勝手な振る舞いだけなら、我慢できた。しかし、横暴にも他者を傷つけるなど言語道断！もう容赦せん！」

ハイア殿下は立ち上がると、集まってきた城の衛兵に言う。

「今すぐに彼女を突き飛ばした犯人……セレスティア＝フォン＝カーライルを捕らえよ！　そして私の前に連れてくるのだ！」

●ハイア side

フェリアが、義妹セレスティアによって、階段から突き飛ばされた。

それを聞いたとき、王子ハイアの頭は、二つの感情に支配された。

彼女を永遠に失ったらどうしよう、という深い後悔。そして悲しみ。

幸いにしてフェリアは、隠されていた力が発現して死ぬこともなければ、傷一つ負わずに済んだ。

心から、ハイアは安堵《あんど》した。

フェリアの無事が彼の心を温かくした。

そのときにハイアは、理解してしまった。

フェリアへの思慕の情が、思った以上に、強かったこと。

彼女がハイアにとって、いかに大事な存在か、いかに、愛しているか……。

ハイアは事件を通して、フェリアへの思いを募《つの》らせた。

その結果、ハイアは加害者であるセレスティアに対して、激しい怒りの感情にとらわれる。

愛する女を傷つけた不届き者、たとえ、相手が公爵家の娘だろうと、自分の婚約者だろうと、関係ない。許すつもりは、毛頭ない。

ほどなくして、セレスティアは捕らえられた。パーティ会場に紛《まぎ》れ込んでいたのだ。

樹を隠すなら森の中。

人の中に隠れて、逃げる機会をうかがっていたのだ。

彼女を捕らえたのは、王国を守る最も優秀な剣士。アルセイフ＝フォン＝レイホワイトだった。

彼は氷の力を使って、セレスティアの首から下を、氷漬けにした。

今にも切り殺そうとしていたが、しかし、あと一歩のところで冷静であった。

獲物を捕まえ、その処遇を、主人に委《ゆだ》ねようと待っている。

まるで飼い主の命令を待つ、猟犬のようであった。

「レイホワイト卿。よくぞ賊を捕らえた。大儀である」

ハイアがアルセイフをねぎらう。

だが彼は特にリアクションを示さない。アルセイフの瞳は怒りで燃えていた。

愛する妻を傷つけたこの女を、八つ裂きにしたい。鬼気迫る表情で、セレスティアを見つめている。

気持ちはわかる。ハイアも、同様だったから。

「セレスティア＝フォン＝カーライル」

「ちがう！　ちがう！　ちがうのぉお！　殿下ぁ！　わたし悪くないのぉ！」

この期《ご》に及んで、自己弁護。

ハイアの頭は怒りで真っ白になった。

「セレスティア！　貴様に罪状を言い渡す！　しけ……」

と、死刑を宣告しようとした、まさにそのとき。

アルセイフが、氷の刃《やいば》で以《もっ》て、セレスティアの首を刎《は》ねるより早く。

「お待ちになってください」

凛《りん》とした声が、パーティ会場に響き渡る。

その声を聞いたアルセイフは、びたっ、と剣を止める。

「フェリア！」「リア！」

フェリア＝フォン＝カーライルが、背筋をピンと伸ばして、こちらにやってくる。

アルセイフは本気でセレスティアを殺そうとしていた。

だが妻の言葉には絶対服従している。

もしも止めなければ、今頃セレスティアの首と胴体は泣き別れになっていた。

ハイアも、フェリアの登場に戸惑ったものの、しかしまだ彼の胸の内に荒れ狂う怒りの感情は収まらない。

「殿下、どうか冷静になってください」

「私は冷静だ！　この者は国の宝を、殺そうとしたのだぞ！」

それはフェリアが貴族の娘だから、という意味で言ったのではない。

一部の王族たちは、フェリアが精霊王の加護という、空前絶後の凄《すさ》まじい加護を得ていることを承知している。

フェリアはこの国の重要人物、宝と言える。

「魔法を発動させなければ！　君は階段から落ちて死んでいた！」

国の事情よりも、ハイアは個人的感情を優先していた。

簡単に言えば、好きな女を殺されそうになった、だから、殺す、と。

だがそんな短絡的かつ感情的な思考を、フェリアは否定する。

「殿下、どうか怒りをお収めください。私はこうして無事であります。それは事実です」

「だが……！」

「一時の感情で、人を殺《あや》めるなど、獣と同じ。殿下、あなたは理性ある人間として、人の上に立つ王の血を引く者として、どうか冷静な判断を。周りの皆が、納得する形で下してください」

はっ、とハイアは気づかされる。

フェリアの言葉で、冷静になった。

そう、ここには帝国貴族たちも多く集まっている。

そんな中で、一時の激情に身を任せて、貴族を処刑したとなれば、国の威信に関わる。

彼の振る舞いが、国の評判を下げる。

フェリアは言外に、そうさとしてきたのだ。

（なんと冷静。なんと、聡明な女性だ……）

あわや自分が殺されそうになったというのに、彼女は実に冷静に、状況を理解し、そしてハイアをいさめてきた。

今、彼女が止めていなければ、帝国は王国を、感情をコントロールできぬ獣が治める国だと認識したことだろう。それが遠因となって、戦争が起きたやも知れない。

だがフェリアに止められたことで、冷静さを取り戻した。

彼女が国の危機を救ったと言える。

自分が死にかけたというのに、自分を殺しかけた女が、目の前にいるというのに。

(なんて理知的なんだ、君は)

フェリアへの尊敬の念は、ハイアを冷静にさせ、彼女への思いをさらに募らせることになる。

だが、今は仕事中だ。

「セレスティア。君への処分は協議の上、追って知らせる。今は謹慎処分としよう。レイホワイト卿、彼女を連行したまえ」

一方でアルセイフは黙ったまま、微動だにしない。

否《いな》、怒りで今にも爆発しそうになっている。

彼から発せられる怒気と、そして魔力は、周囲にいる誰もが震えてしまうほど。

「あなた。殿下がご命令なさっておられるのですよ?」

ぴしゃり、とまるで幼子をたしなめるかのように、フェリアがアルセイフを注意してみせた。

あの、冷酷なる氷帝に苦言を呈することのできる人間など、この世には存在しないと思われている。

だというのに、アルセイフは、あっさりと従った。

氷の魔法を解いて、セレスティアの腕を乱暴につかみ、会場から出ていく。

「おお、さすがカーライル公爵家のご長女さまだ!」「なんと慈悲深い!」

ギャラリーたちは皆、フェリアを絶賛していた。

彼女は自分の命を奪おうとした女を、国のために自ら許したのだ。

その優しさ、かしこさを、誰もが目の当《ま》たりにした。さらに冷酷なる氷帝の手綱《たづな》を完全に握っていたところから、妻としても優秀であることが証明された。

この場にいる全員が、セレスティアよりも、フェリアの方が人格的に、能力的に優れていると、認めていた。

ハイアもまたその一人だ。

彼は今回の件でフェリアの能力を評価し、また、己《おのれ》の秘めたる思いを抑えられなくなった。

……そしてセレスティアは、そんなふうに称賛されている姉に、憎しみの目を向けていた。

「おぼえておきなさいよ……」

騎士に連行されて、みじめに退出する際に、うなるように、セレスティアはそうつぶやいたのだった。

●フェリア side

古城でのハプニングから一夜明けた。

私は嫁ぎ先である、レイホワイト家の屋敷へと戻っていた。

「あの……アル様？」

「どうしたフェリ？」

「これ、ちょっと過剰じゃないです……？」

私はパジャマ姿で、ベッドに寝かされている。頭には包帯がぐるぐる巻き。

帰ってきてから、アルセイフ様はつきっきりで看病、と称して私の部屋に入り浸《いびた》っている。

「気にするな。おまえは階段から落ちて大怪我をするところだったのだ」

「いやいや、結界のおかげで怪我なんてしてませんし」

義妹セレスティアから、階段から突き飛ばされた私。

秘めたる魔法の力を使って、一瞬で体をバリアのようなもので包み込んだ。

結果、私は無傷で済んだ、と言っても、アルセイフ様は……。

「はぁ……」

「医師によれば、頭はぶつけて数日経ってから症状が出ることがあるらしい。動いては駄目だ」

「その間身の回りの世話は俺に任せろ。トイレも風呂も、俺が手伝う」

「申し出自体はうれしいのですが……」

「そうかうれしいか！」

ぱぁ！　と笑顔になるアルセイフ様。

正直、ありがた迷惑、という言葉をぐっと飲み込む。

彼は善意で面倒を見てくれているのだ。無下《むげ》にするのはどうかと思う。

それにアルセイフ様は、人を世話するのに慣れてないからか、かなり失敗する。料理をこぼす、水をひっくり返す等など。正直ニコの方が上手くやれるだろう。

けれど懸命になって、私を看病してくれる彼が、愛《いと》おしくて、もう要《い》らないと言えないでいた。

たとえるなら、子犬が必死になってボールを追っかけ、やっと持ってきたボールが唾液《だえき》まみれだった……みたいな？

……自分でも何を言ってるのだろうか。

「フェリ。しばらく学校は休め」

上から押さえつける言い方ではない。私の身を純粋に案じてくれての発言だろう。

嫌な気分にはならない。でも、その気遣いは不要だ。

体は本当になんともないから。

「大丈夫ですってば」

「いや！　何かあっては困る。おまえは俺のそばにずっといろ。何があっても動けるよう、俺は四六時中控えているからな！」

ふがふが、とアルセイフ様が鼻息荒く言う。

「とか言って、単に私のそばにいたいだけでは？」

「うぐ……！」

顔を真っ赤にして、アルセイフ様が口ごもる。やれやれ、図星か。

「なんだ、怪我の看護にかこつけて、私を独占したいだけなんですね。私の体を気遣ってのことだと思ってたのに」

「ち、ちがう！　俺は……おまえが本気で心配なんだ！」

そう力説する彼の目の下には、大きなクマがあった。

昨日から今日まで眠っていないのだろう。

私に何か異変がないように、見張っててくれたのだ。

まったく、たいした忠犬っぷりだ。ふふ……。

「ええ、心配してらっしゃるのは、十分伝わってますよ」

「え……？」

「すみません、ちょっとからかっちゃいました」

「フェリ……」

ほっ、と安堵の息をつく彼。

「なぜこんなことを？」

「好きな子にはいたずらしたくなる心理ですよ」

「そ、そうかっ！　そうかそうか！　ならもっといたずらしてくれっ！」

私に好かれようとする彼が可愛らしくて、私はついつい微笑んでしまう。

「ああ……最高だ。フェリを独占し、ずっとそばにいてくれる……こんなひとときが永遠に続けばいいのに……」

と、そのときだった。

「「フェリー！　大丈夫ーー!?」」

寝室の扉が開くと、学友たちが、血相変えて入ってくる。

女友達のアニス。隣国の王子スヴェン、そして平民のモナに、大学教授のサバリス教授。

みんなが心配そうな顔で、こちらに押し寄せてくる。

「フェリ！　階段から落ちて頭を打ったんですって!?　大丈夫なの!?」

アニスが私の頬を両手で包んで、まじまじと近くで見てくる。

「ええ、問題ありません」

「ああ……よかった……」

頭打ったか心配してるのに、なぜ髪の毛に鼻を押しつけてくんくんしてるんでしょうね。

「オレ様のフェリ。ああ、愛しの女……おまえが無事でオレ様、本当によかったよ……」

褐色《かっしょく》肌の美丈夫《びじょうふ》スヴェンが、私の前で跪《ひざまず》いて、手を取る。

「ご心配をおかけしました」

「いや、無事ならそれでいいんだよ」

頭打ったか心配してるのに、なぜ私の手のひらの甲にキスをしてくるのでしょうか。

「……フェリ様。くすん……よかった……よかったですぅ～……」

えんえん、と大泣きしているのは、モナ。

モナは私の体を、ぎゅっと抱きしめてくる。

「心配で心配でぇ……夜も眠れなくってぇ……」

アルセイフ様もモナも、大袈裟《おおげさ》なんだからまったく……。

あとなんで心配してるのに、私の胸に顔を埋めて頬ずりをしているのだろうか。

「き・さ・ま・らぁあああああああ！」

友人たちにもみくちゃにされていると、アルセイフ様が声を荒らげる。

「俺の女からどけ！」

「「断る……！」」

「何を無断でフェリに触っているのだ！　こいつは俺の女！　俺の許可なく触れることを禁ずる！」

「「だが断る……！！！！！」」

「いい度胸だ！　全員叩っ切る！　表に出ろ！」

「「やんのかごらぁ……！」」

友人たちが夫と一緒に部屋を出ていった。

やれやれ、仲良くしてもらいたいモノだ……。

「フェリア君。聞いたよ、力を使ったと」

「サバリス教授」

残された国立魔法学校のイケメン先生、サバリス教授が隣に腰を下ろす。

「結界を使ったのだね。もう一度発動できるかな？」

「やってみます……」

私は落下の際に使った感覚で、もう一度、魔法を発動。

すると、私の体の周りに、七色に輝く膜のようなものが展開する。

「………」

先生が、目をむいていた。

「信じられない……奇跡だ……」

「どうかしたんです？」

喉《のど》を震わせながら、教授が私の手を取る。

ふにふに、と膜に触れながら言う。

「これは、【聖結界】だ」

「せいけっかい……？」

「ああ。ただの結界じゃない、特別なもの。それも……神の奇跡の一つとされる秘術だ」

そんなたいそうな結界術なのかこれ……。

「フェリア君。結界術の基本は？」

「展開すると、あらゆるものの干渉《かんしょう》をすべてはじく……ですよね？」

「そう。どんなものも例外なく、侵入を阻《はば》む。それが結界の基本。だが聖結界は、違う」

ふにふに、と私の二の腕を手で直接触りながら、サバリス教授が言う。

「聖結界は、邪悪なるモノを選別して防御する。これは、とんでもないことだ。なぜならば街を守る、女神様が張ってくださった結界と、同じものなのだから」

魔物のはびこる現代で、我々が安寧《あんねい》を享受《きょうじゅ》できているのは、ひとえに女神様の結界のおかげだ。

街を覆うように結界が張られている。人間は入れるが、魔物が入れない形になっている……って。

「じゃあ、これ……私の使っている結界は、女神様の結界……？」

「そう！　その通りだ！　女神様の結界を発現してみせたのは……歴史上で数人しかいない。しかもみな、偉大な魔法使いたち！　ただの一般人が聖結界を発現したのは、これまでただ一人！君だけだ！」

……よくわからないが、すごいことなんだ、ということはわかった。

「この結界が……ねえ」

「ああ。これは、歴史的な大事件だ。なんといっても聖結界の修復を行えるってことだからな。今この時代で、それができるほどの魔法の使い手はいない」

街を守る聖結界は、経年劣化していくもので、小さな村では結界が完全に消えてしまっているところもあるという。

「フェリア君……世界は君に注目するだろう。より熱く」

「それは……面倒ですね」

心静かに生活を送りたいのだけれど、どうしてこうも、目立ってしまうのか。

精霊王の力に、聖結界。

どちらも別に欲しいなんて思わないのだけれども。

七章

●フェリア side

ある日の昼下がり、私はコッコロちゃんの祠《ほこら》で、訓練をしていた。

『フェリー。フェリー』

私の目の前には、大型の犬がいる。

この子は神獣、コッコロちゃん（元祖）だ。氷魔狼《フェンリル》なのだが、見た目は完全に大型犬。

「なぁにコッコロちゃん？」

『フェリにさわれないよーう』

七色の光を放つ結界が、コッコロちゃんの周りを包んでいる。

これは聖結界といって、特定のものの侵入を拒絶する、高度な結界なのだそうだ。

『くぬ！　くぬー！　さわれないー』

「本気で破ろうとしてます？」

『してるよ！　なのにびくともしないや！』

神獣フェンリルの攻撃を受けても破れないなんて。やはりこの結界は、本当にすごいものなのだな。

『ぜえはあ……もうだめ。フェリ、ボク疲れたよう』

「ありがとう、お疲れ様」

私は結界解いてみせる。もふもふのわんこが、私の隣にストン、と座る。

『ボクがんばった？　ほめてほめて！』

「ええ、頑張りました。えらいえらい」

『えへー♡　フェリすき～♡』

コッコロちゃんが私の体に頬ずりしてくる。

「前みたいにべろべろしなくなりましたね」

『二号がうるさいからさー』

なるほど、確かにアルセイフ様はコッコロちゃん一号に厳しい。

『フェリ、今のはなんだったの？』

「訓練です。結界の。今度遠征に行くことになりまして、その予行演習」

『えんせー？　どっかでかけるの？』

「ええ。女神様の結界が経年劣化してしまった村に、結界を張りに行くんです」

『へー。なんで？』

「力が本物かどうかの検証も兼ねてるんですって」

自分を対象に結界を張ることはできた。

だが他者を対象に張れるかどうかわからなかったので、試してみたわけだ。

結果、ものすごく簡単にできた。

『すごいや。聖結界をこんな自在に操るなんて、まるでフェリは女神さまみたい！』

「まあ、お上手ですね」

私はコッコロちゃんの頭をなでる。彼は嬉しそうに目を細める。

『お世辞じゃないよ。精霊王の加護に聖結界を自在に使えるなんて、まじで女神さまかも。生まれ変わりっていうのかな』

「そういうのって本当にあるんですかね？」

『うん。仲間の神獣のうちでも何人か、転生者に会ったことあるって言ってたしね』

まあ、だからといって私が女神さまの生まれ変わりなわけないしな。

じゃあなぜ私がこうもたくさんの力を、いともたやすく使えるのか、と聞かれると答えに困るけれど。

『遠征かー。またフェリに会えないの辛《つら》すぎ〜。ただでさえ会う機会激減してがっかりなのに』

「復学しましたからね。まあ結婚して子供生んだら、いやでもおうちにいますよ」

『結婚、出産かぁ。早くした方がいいよ』

「それはコッコロちゃんが、私と一緒にいたいから？」

『もちろんそれもあるよ。あるけど、フェリ？　君、自分が嵐の中心にいること、気づいてる？』

嵐？　なんだそれは。

『気づいてないっぽい……ちなみに遠征は誰と行くの？』

「ハイア殿下とアルセイフ様」

アルセイフ様が護衛の騎士としてついてくるのはわかるんだけど、なぜ殿下がついてくるのか。

これがわからない。

『あーあ、まーたバチバチはじまるぞー』

◆

聖結界の訓練をし、力のコントロールに自信がついた私は、いよいよ本番。

私は女神の結界が消えてしまっているという村に、結界を張り直しに向かった……。

「なんか、大袈裟《おおげさ》じゃないですか、これ？」

私が乗っている馬の前後左右には、騎士たちが護衛についている。

夫であるアルセイフ様の所属する騎士団、【赤の剣】の団員全員がそこにいた。

「みなフェリアを守りたいと言ってな」

「まあ、それはありがとうございます」

護衛の騎士さんたちが笑顔で手を振ってくる。

自《みずか》ら進んで護衛役を買って出てくれたなんて。うれしい限りだ。大事にされて悪い気はしない。

「それであの……アルセイフ様？　どうして私は、アナタと同じ馬に乗ってるんです？」

彼が手綱《たづな》を握る馬に、私と彼、二人で乗っている。

ちょうど彼の前に腰を下ろし、後ろから抱きしめられてるような体勢だ。

「何かあったとき、臨機応変に対応するためだ」

「二人乗りしていたほうが動きにくくないです？　私は馬を操れませんし」

「「そのときは、自分たちにお任せください！」」

赤の剣の団員さんたちが、どんっ！　と各自胸を叩く。

「命に代えてもフェリア様をお守りします！」

「フェリア様に指一本触れさせません！」

まあ、なんということでしょう。

民《たみ》を守るために、こんな固い決意を表明してくれるなんて。

「ありがとうございます、皆様」

照れくさそうに、赤の剣の皆さんが頭をかく。

「……フェリア様がいなくなったら、あの美味《うま》いメシが食えなくなるからな」

「……あのお方がいるおかげで、アルセイフ様が真人間になったし」

「……いないと赤の剣って崩壊するってゆーか」

小声で何かを言っていたが、私や彼の耳には届かない。

「君を守るのは当然だ。君はこの国の宝だからね」

私の隣に、白い馬に乗った、赤い髪の青年が近づいてくる。

「ハイア殿下……」

一番の謎は、彼だ。

騎士や夫がついてくるのは護衛の役割だと理解している。

けれど一国の王子がなぜついてきたのか。

「私は父上より、聖女の力を見極めてこいとの命《めい》を帯びているのだよ」

「聖女……？」

「君のことさ」

聖女。聖女ねえ……。そんなたいそうな人物じゃないのだけれど。

私がすごいのではなく、私の持つ力がすごいだけだから。

「わかりました」

「ああ……ところでレイホワイト卿《きょう》？　なぜ貴殿は、そんなに私をにらんでくるのだね？」

夫が敵を見つけたときのような、鋭い瞳を、ハイア殿下に向けている。

「大事な妻に虫がつかないようにしているのだ」

「ほぅ、それは仕事熱心だ。どれ、虫を潰《つぶ》すのに注力できるよう、リアをこちらの馬に乗せるのはどうだろう？」

「ふざけるな。誰が貴様なんぞに渡すか。フェリアは俺のだ。貴様には渡さん」

なんで険悪になっているのだろうかこの人ら……？

「別の人の馬に乗せてもらうのはどうです？」

「「駄目だ」」

その後も二人は終始、ケンカ腰だった。

まったく、殿方はいつになっても、子供っぽいのだから。

仕事中くらい仲良く、いや仲良くしなくてもいいから、共同歩調を取ってほしい。

「どうしてそんなに仲が悪いんですかね？」

「「………」」

アルセイフ様とハイア殿下が、あきれたように。

赤の剣の団員たちもまた、同じふうに、私を見てきたのだった。

え、なに？　どういうことなのだろう？

◆

私はアルセイフ様の騎士団、赤の剣のメンバーたちとともに、とある村へとやってきた。

奈落の森《アビス・ウッド》と呼ばれる森の近く、アインの村と呼ばれる寒村だった。

「皆さん、お疲れみたいですね」

私は馬上から村の様子を見やる。

村人たちの顔には覇気がなく、みんなうなだれている。

痩《や》せ細った子供たちがうずくまっているのを見ていると、心が痛んだ。

「とりあえず村長のもとへ、事情を聴きに行くぞ」

アルセイフ様たちは村の奥にあった小屋へと向かう。

よぼよぼのおじいさんが、私たちを出迎えてくれた。

「騎士団の皆様には、遠路はるばる、ようこそおこしくださりました……。そのうえ、殿下までにもご足労いただけるとは」

ハイア殿下がみんなを代表して、村長と会話する。

「村の窮状《きゅうじょう》は耳にしている。だが実際に、これほど疲弊《ひへい》しているとは思わなんだ。すまない」

村長が溜め息交じりに、現状を説明する。

「我々の村には、かつて村を守る結界がありました。ですがその結界も経年劣化していき、つい数年前になくなりました。そばには恐ろしい魔物がうろつく奈落の森があり、そこから侵入してくる魔物の脅威におびえながら生活していました……」

村の若い衆は魔物の対応と村の防衛に追われて体を壊したり、命を落としたりしているらしい。

作物を育てようとしても、魔物のせいで上手《うま》くいかないとのこと。

「正直、もう限界です……どうか、我々をお救いくださいませ！」

村長の悲痛なる叫び。

ボロボロの体に村の様子、彼が言わずとも限界であることは伝わってきた。

「ふん。安心しろ、村長」

アルセイフ様が私を抱き寄せる。

「貴様らは救われる。俺の自慢の女が、この村を幸せにしてくれる」

「な、なんと……失礼ですが、どちら様ですか？」

「俺の妻だ」

「「はぁ……」」

私と、村長が溜め息をつく。奇遇ですね。それはそうだ。

「あのねあなた……いきなり自分の妻だと言われても説明が不足しすぎてるでしょう？」

「む？　そうか」

こほん、とハイア殿下が咳払《せきばら》いをする。

「こちらの女性は、精霊王の加護を得て、聖なる力をその身に宿した、いわば聖女様です」

「「せ、聖女……？」」

村長、私、そしてアルセイフ様が首をかしげる。

「疑う気持ちも理解できる。だから、リア。力を見せてあげてくれ」

あまり目立つことはしたくない。

だが村の人たちの辛《つら》い気持ちを、少しでも、緩和できるのなら。

「わかりました。やってみましょう」

私は村長とともに、村の中心部までやってくる。

「なんだ……？」「いったい何が始まるんだ……？」

村人たちが集まってきた。

そりゃ、王都から王子と騎士団を引き連れた小娘が来たら注目するだろう。

「では、いきます」

私は手のひらを前に突き出す。

すると七色に輝くシャボン玉が出現した。

私はそれを頭上に掲《かか》げる。

ふわふわとシャボン玉は上空へとゆっくりと飛んでいく。

「何してるんだ？」「しゃぼんだま？」「あれがいったい何になるというのだ？」

村人たちの瞳に希望の光はない。

多分疲れきっているんだ。

早く何とかしてあげたい。

「ふっ！」

私は柏手《かしわで》を打つ。

その瞬間、手のひらサイズだったシャボン玉が、頭上で一気に膨《ふく》れ上がった。

膨張した球体が村全体を柔らかく包み込む。

半球状の、七色のドームに包まれているような状態になった。

「これで問題ありません」

「ほ、本当でしょうか？」

「ええ」

結界は張れたものの、村人たち、そして村長の表情はすぐれない。

まあしょうがない。

結界を張ったとは言ったものの、その効力が目に見えていないのだから。

と、そのときだ。

「た、大変だ！　魔物だ！　魔物の群れがこちらに！」

「なんじゃと!?」

外を見回っていただろう村の若者が、全速力で、村長のもとへ駆けつけてくる。

彼は怪我をして、左腕を欠損していた。むごい……。

「白狼の群れが！　すぐこちらに来ます！　村長！　女や子供を避難させてください！」

だが、アルセイフ様がフッと笑う。

「大丈夫だ。フェリアが今、結界を張った」

「何を言って……」

「いくぞ、貴様ら。なに、楽な狩りだ」

アルセイフ様と赤の剣の皆さんが、村の辺縁へと向かっていく。

私は腕を欠損した若者のそばにしゃがみ込む。

「なくなったほうの片腕を、出してください」

「あ、ああ……あんたいったい？」

私は手のひらからシャボン玉を作り出す。

聖結界を、失った腕の根元に展開する。

この結界はあらゆるものを拒《こば》む。

それは何も、魔物の侵入だけを防ぐものじゃない。

たとえば、出血。

たとえば、死そのものを拒絶することさえも可能。

シャボン玉が輝きを放っていく。

すると……。

「な、んだこれ？　う、腕が！」

映像を逆再生するかのように、腕が元通りになっていった。

「し、信じられない……き、奇跡だ！」

奇跡でもなんでもなく、魔法だ。

聖結界は特定のものを拒絶する。

腕を失ったという事実を拒絶する、つまり、なかったことにすることで、こうして治癒《ちゆ》することができるのだ。

意外と応用の利《き》く力なんですよねこれ。

「み、みんな大変だ！　魔物が！　魔物が中に入ってこれないぞ！」

私はアルセイフ様たちのもとへ向かう。

村の辺縁には、赤の剣の皆さんたちがいた。

槍《やり》を使って、結界の中から、魔物を攻撃している。

魔物たちは結界に阻《はば》まれ侵入できない様子だった。

「すごい……」「なんて強力な結界だ！」

村人たちが私に、きらきらした目を向けてくる。

ハイア殿下がうなずき、私の肩を叩く。

「これでわかっただろう！　ここにおわすお方は、聖女！　女神様が遣《つか》わした、救世主である！」

「「ははぁーーーーーーー！」」

救世主なんて大袈裟《おおげさ》な、と思ったら、村人たちみんながひれ伏してきた。

「ありがとう！　救世主様！」「救世主様万歳！」

……別に私がすごいんじゃなくて、この力がすごいだけなんですがね。やれやれ。

●アルセイフ side

フェリアたちが村を訪れてから、一週間ほどが経過した。

フェリアの夫……アルセイフは、騎士団の団員たちを連れ、村に隣接する森に入っている。

「よっと」「ほいっと」「せやっと」

部下たちが森の魔物どもを一方的に倒している。

彼らの体には、七色に輝く膜が張られていた。

「いやぁ、副団長。すごいですね、この結界」

「ハーレイ。おまえもそう思うか？」

ふふん、とアルセイフが胸を張る。

ハーレイ。アルセイフの部下であり、その他の団員との橋渡し役的な存在。

「フェリア様が張ってくださったこの聖結界、魔物からの攻撃を完全に防ぐだけでなく、魔物に対して大ダメージを与える聖なる力を付与してくださるなんて」

フェリアの習得した聖結界。

これは何も、防御だけに使われるものでないことが判明した。

体に結界をまとえば魔物の攻撃を防ぎ、武器にまとえば、魔物を一撃で倒す聖なる武具へと変貌する。

「規格外なお方ですね」

「ふふっ、だろう？　俺のフェリアはすごいんだ」

赤の剣のメンバーたちはみな、フェリアの力を認めている。

氷帝を御《ぎょ》するだけでなく、このような奇跡の技を使う。すごいことだ。

「しっかし魔物はうじゃうじゃ湧いて出てきますね」

一週間狩り続けているものの、魔物の数はとんと減らない。

むしろ、増えているようにも思えた。

「フェリア様の聖結界があるおかげでなんとかなってますが、こりゃ王都に応援を要請しないとまずいかもですね」

「だとしても、原因を突き止めねば抜本的な解決にはならんだろう」

「原因……なんでしょう？」

「魔物どもの主《ぬし》、だろうな。こいつらを生み出す親玉がいるのだろう」

「なるほど……そいつをどうにかしないと状況は好転しないと」

「あの憎たらしい王子も同意見らしくてな。近く、討伐作戦が行われる」

忌々《いまいま》しそうに、アルセイフが顔をゆがめる。

赤の剣の騎士たちはいったん、村へと戻る。

「聞いてくれハーレイ」

「はいはいなんでしょう？」

多分フェリアのことだろうが。

「フェリアのことなのだが」

やはり……と赤の剣の団員たちは、なかば恒例となった、悩み多き副団長の声に耳を貸す。

彼らのラブコメが、最近では一番の娯楽であるのだ。皆わくわくしながら彼の言葉を待つ。

「最近……なかなかフェリアと二人の時間が過ごせなくてな」

「ほぅ。拒まれてるのです？」

「違う。あいつは最近色々と忙しくしてるだろう？」

聖結界の維持だけでなく、怪我人の治療、村の修復、そして炊き出しと。

フェリアは忙しく働いているのだ。

夜になって、借りている小屋に戻ると、すぐに横になってしまう。

「俺はフェリアに休んでほしい……が！　あいつともっとともに時間を過ごしたいのだ……」

アルセイフは妻をとても大事にしているのだろう。

けなげ……と赤の剣の団員たちは感心する。

アルセイフはもちろん、フェリアも自覚してないことだが。

妻にそういう優しいムーブをすることで、アルセイフの株がぐんぐんと、赤の剣の団員たちの間で上がっているのである。

「たまには休んでデートでもすればいいじゃないですか？　大規模な作戦が始まる前に」

そうそう、と赤の剣の団員たちがうなずく。

「しかし……貴様らが仕事している間に、デートにうつつをぬかすなど……」

最近では部下にも気を遣えるようになってきているアルセイフである。

その成長を皆が微笑ましく思っていた。と同時に、やはりこういうふうに変えてくれたフェリアに感謝する。

フェリアは村人たちから救世主と呼ばれているようだが、赤の剣の中では、とっくに救世主なのだ。

「おれらのことは気にしないでください。一日くらい奥様とデートなさってくださいな」

そうそう、と赤の剣の皆がうなずく。

「しかしこの状況で……」

「フェリア様の治療のおかげで、もう怪我人はいないですし、村も元通り活気を取り戻してます。大丈夫です。デートしてきてください」

「森の中に綺麗な湖がありました！　見に行かれてはどうでしょう？」

……部下たちが、自分と、そしてフェリアのために心を砕いてくれている。

アルセイフは皆に向かって……深々と頭を下げた。

「ありがとう」

「「「「……！」」」」

全員が、驚愕《きょうがく》していた。冷酷なる氷帝と呼ばれる彼が、部下に、ここまで丁寧《ていねい》にお礼することは初めてだったからだ。

やはり、フェリアのおかげで、彼は変わってきている。騎士団の雰囲気もよくなってきているのが、ハーレイには伝わってきた。

あの人は、本当に救世主だな、とハーレイと赤の剣の団員たちは思うのだった。

●フェリア side

私は夫のアルセイフ様から、休養を取らないかと提案された。

聖結界の力を使えば疲労すら回復できはするのだが、周りから強く休むよう勧《すす》められた。

騎士団と一緒に来て、彼らと同じくらい働いているのが、申し訳ないと。

部下のハーレイさんから聞いた話によると、どうやら夫がデートへ行きたがっているらしい。

いい機会だったので、私は彼の提案通り、休むことにした。

私たちは馬に乗って、村からほど近い森の中にいた。

「我々はどちらに向かっているのです？」

来るときのように、アルセイフ様と馬に二人乗りしている。

彼は嬉しそうに、後ろから私を抱きしめてくる。どうやらお気に入りのポジションらしい。

時折髪の毛に鼻を当てて匂いを嗅《か》がれるけど、別に嫌な気はしない。

一号で慣れてるからかな。

「近くに湖があるのだ」

「あら湖ですか」

「ああ」

……え？　それだけ？

湖で何をしよう、とか言ってくるかと思ったのだけれど。ちら、と私は彼を見上げる。

どうにも彼の表情が、いつも以上に固い気がした。

「体調でもすぐれないのですか？」

「問題ない。体調はな」

じゃあ何が問題あるのだろうか……？

ほどなくして、私たちは湖にたどり着いた。

深い森の中。そこだけが木々がなく、視界いっぱいに、それはそれは美しい湖が広がっていた。

「綺麗ですね。魚とかいますかね」

湖に来るなら釣り道具とか、色々持ってくればよかった。

いったん戻ってもいいかもしれない。

湖に近づいて、しゃがみ込み、水の中を見つめる。

ぷくぷくと太った、美味《おい》しそうな淡水魚がいくつも見られた。これは釣って是非とも魚料理を堪《たん》能《のう》したいもの。

「アル様、釣竿を……って？　あれ？　どうしたんです、そんな遠くに」

私から数メートル離れた地点で彼が、胸の前で腕を組んで立っている。

機嫌でも悪いようにも見えるが、そうじゃないのが、私にはわかった。

「体調がすぐれないのですね」

私は近づいて、彼にそう言う。アルセイフ様は目を丸くしていた。

「なぜ、わかる？」

「そりゃ、妻ですので」

さすがに彼の表情の変化には気づけるようになった。

不機嫌なときと体に不調があるとき。

彼はどちらも顔をしかめるので、一見すると違いがわかりにくい。

だが目元のシワの寄り具合でそれを判別可能なのだ。

「木陰で休みますか？」

「いや、いい。おまえと一緒にいたい」

きゅっ、と彼が私の手を握ってくる。

ふむ、どうにも手が冷たい。緊張してる様子。

「何に緊張してるんです？」

「……おまえはすごいな。読心術士か？」

「しがない氷帝の妻でございますよ。それで？」

彼はしばし言いよどんだ後、そっぽ向いて、恥ずかしそうに言う。

「……嫌いなのだ」

「え？」

「俺は、水が嫌いなのだ」

……こういうところもコッコロちゃんに似ているとは。

なんとも共通点のある二人である。

とはいえ、夫の苦手なものを知らないでいるなんて。妻として怠慢《たいまん》だ。

というか不愉快な思いをさせてしまっただろう。

「存じ上げなくて申し訳ないです」

「フェリアが謝る必要はない！　誘ったのは俺だ」

ぶんぶん、と彼が首を横に強く振る。

「おまえは何も悪くない」

「そうですか、ありがとうございます。でも、どうして水が苦手なのに、湖になんて来たのです？」

至極《しごく》当然の疑問だろう。

すると彼はこんなことを言った。

「侍女《じじょ》に聞いたことを思い出したのだ。おまえが釣りが趣味で、釣った魚を食べるのが好きだとな」

「あら、まあ」

私の趣味嗜好《しこう》を、この人は理解しようとしてくれていたのだ。

出会った当初、私に何も関心を示さなかった彼が。ふふ、成長したものだ。

「私のために、苦手な湖に来てくださったのですね。どうもありがとう」

「礼を言われるほどではない。俺にはお前の喜びが無上の喜びなのだ」

微笑む彼の手がじんわりと温かくなってきた。

どうやら緊張がほぐれているのだろうと思われる。

「釣りでもしましょうか」

「ああ。釣りなら水に入らなくて済むからな」

「ボート釣り」

「き、貴様！　もしかしてわざと言ってるだろう!?」

「ええ、もちろん」

くっ、と悔しがる彼が愛《いと》おしくて、頭をなでる。

「大丈夫ですよ。いざとなれば湖面を凍らせれば溺《おぼ》れません」

「守るべき愛する女に、守られるなど男の恥だ！」

「まあ、守るべき愛する女ですって。そんな歯の浮くようなセリフをどこで覚えてきたのですか？　娼館とか？」

「娼婦なんぞ眼中にないわ！　フェリアと比べたら月とすっぽんだ！」

「まあ、お上手ですこと」

「くっ！　いつもからかいよって」

「照れてるあなたが可愛いのがいけないんですよ」

●アルセイフside

私たちは森の中にある、湖までやってきていた。

「フェリア。手を離すなよ」

「わかってますって」

私たちは湖の上にいた。氷の力を使って作ったボートに乗っている。

アルセイフ様は水が苦手らしく、ずっとそわそわしている。

私が手をつないであげていることで、なんとか平静さを保っているらしい。

「どうして水が苦手なんです？」

「昔、川に落ちたことがあってな」

それでトラウマになったそうだ。……おかわいそうに。

「そんな顔するな。今はフェリアがいれば平気だ」

そんな顔。どんな顔だろうか。かわいそうだって思ったことが、表情に出てしまっていたのだろう。

彼が変わったように、私もまた変わってきている気がする。

前は、あまり心の揺れ動きが、表情に出なかったのに。

彼の手によって変わっていく私に、でも……嫌な感じはしない。

私は夫の膝の間にちょこんと座っている。

後ろからハグされているような体勢で、手をつながれている。

……安らぎを覚えている自分が、確かにいた。

「水は嫌いだが、ボートはいいものだな。おまえとこうして二人きりになれる」

私の髪の毛に鼻をくっつけて、すんすんと匂いを嗅ぐ。

「ホントに私の髪の毛がお好きなんですね」

「ああ。世界一だと思っている。おまえの髪にまさるものはない」

「そういうとこもコッコロちゃんそっくりですね」

なんだか可愛い。

「……あんな犬っころと一緒にしないでほしい」

犬というか、神獣だけれども。

コッコロちゃんはおうちでお留守番中である。

私がアルセイフ様と危険なところへ行くと知ったとき、ものすごい慌《あわ》ててたっけ。

「平和ですね」

「ああ」

このあたりは騎士団の皆様がモンスターを討伐したおかげで、その気配が感じられない。

「だが、森の奥の方はまだ魔物が棲《す》み着いてる。やつらの巣を叩き潰《つぶ》さねば」

「巣……危ないところに行くんですか？」

しまった、とアルセイフ様が顔をしかめる。

「やっぱり」

「気づいていたのか？」

「ええ。騎士団の皆さんがせわしなく準備なさっていましたので」

「やはり聡明だな、おまえは。自慢の妻だ」

「ごまかさないでくださいよ。魔物の巣に行くなんて、危ないじゃないですか」

するとアルセイフ様が目を丸くする。

「俺を心配してくれるのか？」

「そんなの、当たり前じゃないですか」

「フェリア！」

「きゃっ……！」

彼が私の体をぎゅーっと、強く抱きしめてくる。

突然のことでびっくりしている私をよそに、彼はうれしそうにさらに力を込めてくる。

「あの……」

「俺を心配してくれるのだな！　うれしい……！」

彼は強くホールドしてくる。思いの強さが伝わってくるようだ。

ぶんぶん、と犬の尻尾を幻視する。コッコロちゃんそっくりだな。

「フェリア。この作戦が終わったら、結婚式を挙げよう」

アルセイフ様が唐突にそんなことを言う。

「式は半年後ですが？」

とっくに式の日取りは決まっているのだ。

「それまで待てない！」

「えい」

私は氷の力を少し使って、アルセイフ様の首元に、冷たい風を吹かせる。

びっくりしている隙《すき》にするりと抜け出す。

「落ち着いてください。式場はもう半年後で予約してあるんです。今さら変えられませんよ」

「くぅ……」

「だいいち、半年待てば結婚できるのに、なぜ急ぐんです？」

「それは……おまえが、欲しくなってな」

あらまあ。感情が高ぶりすぎて我慢ができなくなったのだろう。

式を挙げないまま体の関係を持つわけにはいかないから。

「おまえが欲しい。おまえの子供が欲しい」

「はいはい、落ち着いてください。深呼吸しましょう」

彼がしぶしぶながら深呼吸する。

少し落ち着いたところで私は話す。

「式の準備には時間がかかると前にも言ったじゃないですか」

「すまん……つい……辛抱《しんぼう》できなくてな」

「まったく。こらえ性《しょう》のないコッコロちゃんですね」

よしよし、と私は彼の頭をなでる。

うれしそうに目を細めるアルセイフ様。

「そうだな。式は我慢しよう。その代わりに、この仕事が終わったら、俺と旅行に行かないか？」

「旅行？」

「ああ。おまえと二人きりで。海にでも」

「ほう、海ですか」

大陸出身の私は海など滅多《めった》に行ったことが……というか、海には行ったことがなかった。

「いいですね。楽しみです。でもいいんですか、水が苦手なのに」

「おまえがいればたとえ火の中だろうと水の中だろうと平気だ」

私のために旅行を計画してくれている、彼のことが愛おしくて仕方なかった。

「では、約束ですよ。海に連れてってくださいね。怪我なんてしたら承知しませんから」

「無論だ。俺を誰だと思っている？　怪我なんぞ絶対するものか」

私は小指を差し出す。

彼も意図を汲《く》んで、指を絡《から》み合わせる。

「あ、そうだ」

私は氷の力でナイフを作る。髪の毛を、少し切る。

「髪を切るなんてもったいない！」

「ほんのちょこっとですよ。それでこれを……」

私はハンドバッグの中から、それを取り出す。

「なんだその……珍妙な、人形？　は」

「神獣コッコロちゃんから持ってけと言われた、ありがたいアイテムですよ」

私の手の中には、白い毛で編まれた、小さな人形が握られている。

「神獣の魔力……神気とやらが込められているそうです。これをこうして……」

私は人形の腹をナイフで割いて、内側に自分の髪の毛を詰める。

「はい。お守りです」

「フェリアからのプレゼント……！　くぅ！」

彼が人形を手にして、ふにゃりと相好《そうごう》を崩す。

「だがあの犬のお下がりというのが気に食わんな」

「まあまあ。『これがあれば何があっても大丈夫！』だそうなので、万一のときも安心ですよ」

「うさんくさい……」

相手は腐っても神獣だというのに、アルセイフ様はまったく敬意を払っていない。

本当に仲が悪いと思う一方で、神として遠ざけず、一個人として接している彼に、私は好感を抱いていた。最近、彼のちょっとした言動に、気づきを覚えるたびに、うれしくなる自分がいる。

「それに私の髪の毛も入れておきました。何かあったときには、匂いを嗅いで落ち着いてください」

「わかった。まあ、絶対に何もないだろうが、これは宝物ということでもらっておこう」

すっ、とアルセイフ様が胸ポケットに、お守りを入れる。

「何もないなんて、油断していたら足をすくわれますよ」

「ありがとう。だが、大丈夫だ。俺には優秀な部下たちがいるし、何よりおまえがいる。魔物の巣へ乗り込んでいっても平気だ」

……とはいえ、やはりちょっと心配ではあった。

彼が強いことはよく知っているにしても……。

魔物の巣なんて、何が起きるかわからないし。

彼の頼もしげな笑みを見ても、私の胸の中の不安は、取り除かれることはないのだった。

●アルセイフ side

フェリアとデートした翌日、アルセイフは部下を連れて、森の奥地へと向かっていた。

彼らは魔物の主《ぬし》、ボスを倒すために、敵地へ乗り込むのだ。

ボスを倒さねば魔物の発生、横行は収まらないからだ。

「瘴気《しょうき》が濃くなってきましたね」

隣を歩くハーレイが周囲を油断なく警戒しながら言う。

瘴気。魔物の発する毒ガスのことだ。

森の奥へ奥へと進んでいくにつれて瘴気が濃くなっている。

緑豊かだった森も、次第に、枯れ木が目立つようになってきた。

そのまま歩いていくと、ドロドロに溶けた何かがあった。

「うぷ……きもちわる……これ、熊ですよ」

液状化している熊の死体を見て、部下が青い顔をして言う。

「熊すら殺してしまうほどの、瘴気が発生しているなんて……」

「フェリア様のおかげで、おれらは無事だけど」

アルセイフと部下たちは、フェリアの張った聖結界によって守られている。

生き物の命を奪うほどの、高濃度の瘴気の中にいられるのは、彼女のおかげだった。

「今は一部でとどまっているが、瘴気が森の外まで範囲を広げたらまずいな」

アルセイフが苦々しげにつぶやく。

なんだかんだで彼は人を守る剣なのだ。

目の前の異常現象が人の命を奪うものなら、当然、いい気分はしない。

「奥へ向かうぞ。皆、気を引き締めろ」

アルセイフとともに団員たちはさらに奥へと進んでいく。

すると一つの洞穴《ほらあな》があった。

「魔物の巣、でしょうね」

ハーレイの言葉に、皆がうなずく。アルセイフも同じ意見だった。

洞窟の奥から感じるのだ。

魔物の放つ、圧倒的な邪気の波動を。

「…………」

アルセイフは二の足を踏む。

この奥に待っているのは、確実に、恐るべき敵だ。

もしも自分が負けてしまったら、死んでしまったら……フェリアは悲しんでくれるだろうか。

あの誰よりも優しい、最高の妻のことだ。きっと、夫の死を人一倍悲しんでくれるだろう。フェリアを暗い気持ちにさせるのは嫌だった。けれど、彼女の身に危険が及ぶのは、もっと嫌だ。

「いくぞ」

アルセイフは誰よりも先に、洞窟に入っていく。

口下手《くちべた》な自分にできるのは、行動によって意志を示すのみ。

かつてアルセイフを、怖い存在として、遠ざけていた部下たち。

だが今彼らの統率は取れている。フェリアの存在がチームを一つにまとめ上げたのだ。

彼らの思いも、アルセイフのものと同じ。

フェリアを含む、大切な人たちが、みんな、幸せであるように。

アルセイフの後ろから部下たちがついてくる。

その歩みに乱れはなく、そしておびえもない。

「魔物の巣にしては静かですね」

「低級の魔物は群れるはずだ。つまり……」

そして、最奥部《さいおうぶ》へと到着する。

「…………」

ごくり、と部下たちが息をのむ。

そこで眠っていたのは一匹の、ドラゴンだ。

「あ、ああ……」

部下たちがぺたん、と尻餅《しりもち》をつく。

それも無理からぬことだ。その竜は見上げるほどの巨大な体を持っていた。

九つの首を持ち、体表からは毒物が分泌されて、飢えた獣のよだれのように流れ落ちていく。

「ひ、ヒドラ……だ……」

毒魔竜ヒドラ。

Sランク、最強の強さを持ったドラゴンの一種である。

部下たちは完全に戦意を喪失していた。

顔面を蒼白にして、誰もが動けないでいる。

王都の民なら誰もが知っている。

いにしえの時代、ヒドラが王都を襲ったことがある。

そのときはたった一日で王都は半壊した。

騎士が挑んでも全く歯が立たず、あわやというとき女神様から勇者が遣わされて、ヒドラを倒したという逸話。

王国の騎士でなくても、予測はつく。

このヒドラには……勝てぬと。

「どうします？　副団長」

ハーレイからの問いかけに、アルセイフは一も二もなく答える。

「一時退却だ」

かつてのアルセイフならば、さっさと仕事をこなそうと、一人で無鉄砲にツッコんでいったろう。

だが今の彼には背負っているものが多い。

彼は一戦士としてではなく、グループを束ねる長として、戦いよりも撤退を選んだと言えた。

冷静な副団長の判断に、誰もが賛成。

その場でこっそりと帰ろうとした……そのときだ。

「あっ……！」

部下の一人が足を滑らせてこけてしまったのだ。

そして……。

「GIHAAAAAAAAA！」

ヒドラが目を覚ましてしまった。

「ご、ごめ……」

「走れ！」

アルセイフに叱咤《しった》された団員たちは、一目散に逃げ出す。

だがアルセイフだけが残る。

「副団長!?　なぜ!?」

「俺がしんがりを務める！　ハーレイ！　あとは頼んだ！」

ハーレイも、そして団員たちも嫌だった。

やっとわかり合えた副団長と、永遠の別れなんて……。

けれどハーレイは唇を、血が出るほど嚙みしめて、団員たちに言う。

「撤退だ！」

「「しかし！」」

「おれたちでは足手まといになる！　いくぞ！　これは副団長の命令であり、意志だ！」

わかっている。ここで引くことは、フェリアを悲しませることになると。

そんなことなどアルセイフはもちろん、赤の剣の団員たちだってわかっている。

それでも……。アルセイフの覚悟を汲んで彼らは走って逃げる。

「GISHAAAAAAAAAAAA！」

ヒドラの九つの首から放たれる、強力な濃硫酸。

「はぁ……！」

アルセイフは地面に氷の剣を突き立てる。

彼の前に分厚い氷の壁が出現した。

どんな敵をも凍らせ、そして竜の炎すらも凍らせたことのある魔法。

けれどヒドラの酸はたやすく氷を溶かし、その向こうにいるアルセイフに襲いかかる。

「くっ……！」

アルセイフは体をねじってそれを回避。

間一髪のところだった。生きてることを心から喜び……。

だがその胸に広がるのは、圧倒的な恐怖心だ。

自分の最大の魔法を、まるで濡れた紙のごとくあっさり打ち破られた。

今のでだいぶ魔力を使ってしまった。

一方でヒドラはまだまだ余裕そう。

「…………」

部下たちが援軍を連れてくるまで、どれくらいか。

わからない。だが、ここで自分が踏ん張らないと。

ヒドラは外に出てフェリアを襲うかもしれない。

「やらせは、せん……やらせはせんぞ！」

アルセイフは剣を構えて、まっすぐにヒドラをにらみつける。

見てるだけで人を恐怖させる、凄《すさ》まじいオーラを持つ相手を前に……。

彼はまっすぐに敵を見据える。

彼を支えるのは、背後にいる妻。

彼女を守りたいという、その強い意志が、彼を鼓舞する。

「うぉおおおおおおおおおおおおおお！」

アルセイフは剣を振りかぶって、ヒドラに斬りかかるのだった。

●フェリア side

私のいる村に赤の剣の騎士たちが戻ってきた。

夫を出迎えようとしたのだが、彼らの様子がおかしい。

団員たちは村に到着した途端、ぐったりとその場に倒れた。

ハーレイさんだけがハイア殿下のもとへ、急ぎやってきた。

……いない。アルセイフ様が、いない。

「何があったのだ？」

ハイア殿下の問いかけに、ハーレイさんが答える。

「ヒドラです。ヒドラがあの森の中に！」

彼からの報告を聞く私たち。

森の中に恐ろしい化け物……ヒドラがいたこと。

アルセイフ様が、仲間を逃がすためにしんがりを務めていること。

「…………」

しんがり。つまり夫は一人、ヒドラのもとに残ったことになる。

「リア」

どんな敵も一撃で倒してきた、最強の氷使いである彼が、撤退を選択するほどの強敵だ。

そんな彼でも恐れるような相手に……。

一人で立ち向かって、勝てるはずがない。

「リア！」

「あ、え……？」

ハイア殿下が私の肩を揺すっている。

「しっかりするんだ」

「あ、はい……大丈夫です……」

大丈夫。そう、大丈夫だ。あの人にはコッコロちゃんのお守りがあるわけだし。

きっと何か奇跡的なことが起きて、無事に帰ってくるに決まってる。そうだ……。

「王都にフクロウを放て。援軍を待つぞ」

「！　そんな……すぐに助けに行ってくれないのですか!?」

私はハイア殿下の腕をつかんで叫ぶ。

……自分でも、びっくりするくらい大きな声が出た。

「落ち着けリア。今行ったところで全滅するだけ。ならば今、彼が犠牲となって稼いでくれたこの時間を、有効活用するほうがいい」

「犠牲って……！　彼はまだ生きてます！　戦ってるんですよ!?」

「落ち着け。いつも冷静な君が、どうしたんだい？」

「私は……！　私は……」

ふと、気づく。そうか。冷静さを失ってるんだ、私。

当たり前だ。アルセイフ様が、死ぬかもしれないんだ。

そんな状況で冷静でいられるはずがないのだ……。

「ハーレイ。リアを頼む。残りの団員は私の指揮の下《もと》、村の防備を固めるのだ！」

赤の剣の団員たちが一斉に散らばる。

ハイア殿下もその場をあとにした。

ハーレイさんが悔しそうに歯噛みすると、私の前で頭を下げる。

「フェリア様……」

「すみませんでした！　おれたちの力不足で！　副団長を……あなたの大事な人を！」

……謝って、彼が帰ってくると思っているのだろうか。

瞬間的に頭が沸騰しかける。

あなたたちがもっとしっかりしていれば、とか。

なぜ彼を一人置いて帰ってきた、とか。

そういう、普段の私では絶対に口にしないような言葉が出かけて……。

でも、飲み込んだ。

「……頭を、お上げください。あの人は、自分のなすべきことをなしたのです。あなたやメンバーの皆様が気にする必要も、謝る必要も、ありません」

そうだ。部下を守るのもあの人の務め。

アルセイフ様は立派に役割を果たしたのだ……。

あの人は……。あの人は……。

「……うそつき」

約束したじゃないか。海に行くって。

うそつき。うそつき。アルセイフ様の嘘つき！

「フェリア様……」

ハーレイさんがハンカチを取り出して渡してくる。

そこでようやく、私は涙を流してることに気づいた。

涙？　どうして、かなしいから……？

ああ、そうだ。悲しいんだ。あの人が死ぬかもしれないから。

あの人と、もう二度と会えないかもしれないから。

あの人のことが……。

「私、思ったより、ずっとずっと……だいすきだったんだ……」

好きだとは思っていた。でもここまで自分を見失うくらい、好きだったとは。

「フェリア様……小屋に戻りましょう」

ハーレイさんが私にそう言う。

そうだ、今は、応援を待つのだ。それが一番正しい選択だ。賢い選択だ。

……だから。

「ハーレイさん。わがままを、聞いてもらえますか？」

「なんでしょう？」

私は涙を拭《ふ》いて、彼に言う。

「夫のもとへ連れてってください」

賢さも、正しさも、どうでもいい。

私はただ彼が好きなんだ。

彼の帰りを、ただ泣いて待っているだけなんて、私にはできない。

私はお姫様じゃない。誰かの助けをただ待つだけなんてまっぴらだ。

私には精霊王の加護がある。

女神の生まれ変わりと称されるほど、強力な力がある。

この力はなんのためにある？

そんなのは知らない。でもこの力があれば、彼を助けられるかもしれない。

「フェリア様！　何を言ってるんですか！　相手はヒドラなんですよ!?」

ハーレイさんは冷静だ。ヒドラ。アルセイフ様が勝てないほどの強敵。

私のような小娘が行ったところで死ぬだけ。

聖結界を作れる唯一の存在が、無駄に命を散らすようなマネは看過できない。

彼は職務を全《まっと》うしようとしている。それと私を心配してくれている。わかっている。それはわかっているのだ。でも……。

「相手など知りません。私は彼を助けに行くんです」

「ですが……！」

「連れていきなさい。今すぐに！」

そのときだった。

私の感情に呼応するように、体が光りだす。

そして目の前に、人の入れるようなサイズの【穴】ができた。

空間にぽっかりと空いた穴を見て、私は直感する。

……この向こうに、彼がいる。

「いってきます」

「待ってください！」

ハーレイさんに手をつかまれる前に、私は穴の中に飛び込む。

待っていてください、アルセイフ様……！

●アルセイフ side

フェリアがアルセイフのもとへ向かう少し前までときは遡《さかのぼ》る。

森の中にある魔物の巣。

そこでアルセイフは毒魔竜ヒドラと遭遇。

仲間たちを逃がす時間を稼ぐためしんがりを務めたのだった。

「はぁ……はぁ……なんてやつだ……」

見上げるほどの毒竜。一方アルセイフは満身創痍《まんしんそうい》だった。

「く！　この……！」

刃《やいば》に氷の力を付与して相手に斬撃を加える。

通常なら切りつけた相手を凍らせるほどの威力を持つ。

だが凍りついたと同時に、氷結させた部分が溶けてしまうのだ。

ヒドラは皮膚から猛毒を分泌しつづけている。

どのような攻撃を当てようと毒によって溶かされてしまうのだ。

「武器の攻撃も、魔法の攻撃も効かないか……化け物め」

だが彼は討伐を目標としていない。

あくまでも、フェリアたちが逃げる時間を稼いでるだけに過ぎないのだ。

たとえ自分が倒せなくてもいい。

……たとえ、ここで自分が倒れたとしてもいい。愛しいフェリアを守れるのなら。

「GISHAAAAAAAAAAAAAAA!!」

毒魔竜の口から毒の霧《きり》が噴き出す。

急いで回避したアルセイフだったが……。

「げほっ！　ごほっ！　ごほっ！」

霧を吸い込んでしまい、体が動かなくなる。

だが次の瞬間……しゅおん！　と体が光り輝いた。

「はぁ……はぁ……フェリア……おまえにもらったお守り、とても役に立っているぞ」

元を正せば神獣コッコロがフェリアに与えたお守り。

彼が危ない場所へ行くからと、フェリアが夫に渡していたのだ。

神獣の加護を得たアルセイフは、ヒドラの猛毒を受けても平然としていられた。

だがお守りも徐々にボロボロになっていく。

「おそらくこのお守りの効果が切れたときが……俺の最期《さいご》だろう……」

脳裏にフェリアとの思い出がよみがえる。

最初は、冷酷なる氷帝って、バカみたいとか言ってきた。

失礼な女だと思った。

だが自分のことを恐れず、まっすぐに見てくれたのは彼女が初めてだった。

……思えば、あのときから既《すで》にフェリアに惚《ほ》れていたのだろう。

「フェリア……」

やがて、お守りが完全に朽《く》ち果てる。
息苦しさが一気に増した。
立っているのだってやっとの状態。
「GISHAAAAAAAAAAAAAA!」
ヒドラが歓喜の雄叫《おたけ》びを上げる。
ようやく目の前の人間を食べられることを喜んでいるのだろう。
「はあ……はぁ……だが、俺はただでは死なんぞ」
密かにアルセイフは準備していた。
命と引き換えに、己《おのれ》の氷の魔力を暴走させる最終奥義《おうぎ》……。
ようするに、自爆するつもりだった。
からん、とアルセイフは持っていた剣を手放して両手を広げる。
すでに毒が体中に回っている。まもなく立っていられなくなるだろう。
毒のせいで視界が不明瞭《ふめいりょう》になっていく。
だが……脳裏にははっきりと、愛する妻の顔が浮かんだ。
「すまない……フェリア……大好きだったぞ……」
アルセイフに向かってヒドラが近づいてくる。
その大きなあぎとで、彼を丸呑みにしようとした……まさにそのときだった。

かっ……！　と強烈にまばゆい光があたりに広がる。

その光はヒドラに苦悶《くもん》の表情をさせる。一方でアルセイフはその光に安心感を覚えた。

まるで……そこに愛しい女がいるような……そんな安堵《あんど》を与えてくれる。

「アルセイフ様！」

まばゆい光の中、現れたのは、大好きなフェリアの姿。

「フェリ……？」

「よかった！　まだ生きてる……！　よかったぁ……！」

フェリアが涙を流して自分にすがりついてくる。

いつもクールな彼女が、自分を抱きしめてくる。

「ああ……ここが天国か……」

あまりに都合がよすぎる。彼女は少し冷たいくらいがちょうどいいのに。

こんな、泣いてすがってくるなんて。

アルセイフは目を閉じて安らかな表情を浮かべる。

「最後に君の顔を見れて……よかった……いたっ！」

ぱしん！　とアルセイフの頰を誰かが叩いた。

フェリアだった。

「お、おまえ……」

「もう！　もう！　ばか！　心配したんですよ！」

遅まきながら頬をぶたれたことに気づく。頬が痛い。痛みを感じる……つまり……。

「俺は……生きてる……？」

瞳に涙をたたえたフェリアが、こくん、とうなずくのだった。

◆

アルセイフ様を助けるため、私は彼のもとへとやってきた。

毒魔竜ヒドラの毒を受けて瀕死《ひんし》の彼に、魔法を使った。

その結果、彼は一命をとりとめた。本当によかった……。心地よい安堵感が私の体を包んでいる。

さっきまで心臓が痛いくらいドキドキと、体に悪いほどに早鐘を打っていたのに。

「アルセイフ様……」

「フェリア……」

いつも以上に彼を愛おしく感じる。ずっと抱きしめていたいという気持ちに包まれている。

だが私たちの感動に水を差すものがいた。

「GIHAAAAAAAAAAAAA！」

毒魔竜ヒドラが食事を邪魔され怒りの雄叫びを上げている。

だが……怒ってるのはこちらのほうだ。

「ふぇ、フェリア……おまえその……怒ってるのか？」

いつもクールな彼がひどくおびえたような声で言う。

「え、あ、はい。許せませんよね。あのトカゲ」

大事な人の命を理不尽にも奪おうとしたこの体の大きいだけで脳みそからっぽのトカゲ野郎には……失礼。淑女《しゅくじょ》らしからぬ発言、ご容赦ください。

「何はともあれ、あれを倒しましょう」

「しかしやつは攻撃が通じないぞ」

「問題ありません。さぁ、立って、剣を持って」

アルセイフ様の剣は折れていた。私は折れた剣に手を添える。するとまばゆい光があたりを包み、それは折れた刀身から、光の刃《やいば》となって伸びる。

「これは……付与魔法か！」

「ええ。私の浄化の魔法を刃に付与しました。これならこの竜の体を覆《おお》う毒を浄化し、相手に攻撃が通るかと」

「なるほど！　さすが俺のフェリアだ！」

一人では刃の立たぬ相手でも、私たち夫婦が力を合わせれば、どんな障害もなんなく乗り越えられる。

「見せてやりましょう、夫婦の愛を」

「ああ！」

アルセイフ様は立ち上がって剣を構える。

毒魔竜は一瞬ひるんだものの、私たちに向かって毒のブレスを吐き出す。

「効きませんそんなもの」

私は浄化魔法を展開して毒ブレスを防ぐ。

驚くヒドラの隙《すき》を縫って、彼が一瞬で敵の懐《ふところ》にもぐり込む。

「消し飛べ！」

彼は光の刃を縦横無尽《じゅうおうむじん》に振るう。

一瞬で竜の体はずたずたに引き裂かれた。

ぼとぼとと地面に死肉となった竜が落ちていくのを見て、アルセイフ様が啞然とした表情でつぶやく。

「斬撃の威力が格段に上がっていた……なんだこの剣は。フェリアの力なのか……」

そんなものはどうでもいい。

私にとって一番重要なことは、夫を守ることができた。そのことに対する安堵だけ。

「アルセイフ様……」

彼の細く引き締まった体をぎゅっと抱きしめる。

「ふぇ、フェリア!? ど、どど、どうした!?」

どきどき、と彼の心臓の鼓動が聞こえてくる。

生きてる。彼が、生きている。なんて嬉しいのだろうか。ずっとこの音を聞いていたくなる。ぎゅっとさらに強く抱きしめて、彼の生を喜ぶ。

「ごめんなさい、もう少しこのままでも？」

「あ、ああ……だが、ほどほどにしてほしい」

「おや、どうして？」

アルセイフ様は顔を真っ赤にしていた。

手で顔を覆いながら言う。

「……あまりおまえにそうされてると、心臓が破裂して、死んでしまいそうだ」

要するに照れてるということだろう。

私はいつも以上に、そう思ってくれるのがうれしかった。

「ではもう一、二時間くらいこのままで」

「お、鬼か貴様は！」

「妻ですよ。あなたの」

彼はぐぬぬとうなったあと、小さく息をついて微笑む。

「そうだったな。フェリア、すまない」

「いえ……無事で本当によかった……」

その後ハーレイさんが駆けつけてきた。私たちは二人の無事と、事の顚末《てんまつ》を伝える。

ほっとするハーレイさんは、その間も抱き合う私たちを見て苦笑する。

「本当に、仲のよろしいご夫婦ですね」

◆

毒魔竜ヒドラを討伐したアルセイフ様とともに、私は村へと帰ってきた。

アルセイフ様が率いる騎士団、赤の剣の皆さんは、私たちの無事を泣いて喜んでくれた。

「副団長！　生きててよかったです！」「もう死んじゃったかと思いましたよ……うう……」

団員の皆さんをヒドラから逃がすため、彼は一人、しんがりを務めたのだ。

大泣きする皆さんを見てアルセイフ様が困惑《こんわく》なさっていた。

たぶん、彼の中では、騎士として当然の行いをしたに過ぎないのだ。

弱き人たちの前に立ち、彼らの代わりに自《みずか》らを犠牲にする。それはアルセイフ様にとっては特別なことではなかったし、騎士団の皆さんも同じ意見を持っているのだと思ってたのだろう。

「みんな、あなたが好きなんですよ」

一瞬、彼が驚いた顔になったけれど、すぐに部下たちの顔を見て、自らの誤《あやま》りに気づいたようだ。

「すまなかったな、おまえたち」

すっ、と素直に頭を下げるアルセイフ様。うんうん、それでいいのです。

「「副団長が、おれたちに謝罪したー!?」」

けれど皆さんとても驚いてらした。そんなに驚くことなのだろうか。

結構この人、素直な人ですよ?

「すげえ」「あの氷帝様が自分の間違いに気づいて謝るなんて!」「やはりフェリア様の人徳があってこそか!」

「私は別に何もしてないのですが……」

いやいや、と皆さんが首を左右に振る。

「やっぱり副団長にはフェリア様がいないとダメですね」「というかフェリア様がいなかったら死んでましたよね」「よかったですね副団長、フェリア様と結婚できて!」

皆さんなんだか私の手柄にしてるような……。

あと皆さん私ばかり褒《ほ》めてくるので、申し訳が立たない。

「あ、あの、ヒドラを倒したのはアルセイフ様ですよ?」

けれどまたも皆さんは首を横に振る。

「いやフェリア様がいたからヒドラを倒せたんです」「フェリア様パワーがなきゃ今ごろ副団長は毒で死んでました!」「やはりフェリア様が神!」

絶賛される私だが、やはり私ばかり評価されるのはちょっと、いや、だいぶ嫌だ。

ちゃんと夫も褒めてほしい。

「あなたもぼーっとしてないで、もっと自分の功績を誇ってくださいまし」

「いや、俺が言うまでもないだろ。こいつらが言った通り、すべてはフェリ、おまえのおかげだ」

うんうん、と部下と一緒にうなずくアルセイフ様。

「……もしかして、からかってます？」

「ふふ、ばれてしまったか」

「まったくもう！」

なんて夫でしょうか。まったく。妻をからかうだなんてっ。

「もう一緒に寝てあげません」

「んな!?　そ、それは俺に死ねということか!?」

さっきの余裕の表情から一転、大いに焦《あせ》るアルセイフ様。

ふふ、焦るがいいです。

「あんな危険なとこに一人で残って、妻を不安にさせた罰です。しばらく反省です」

「くぅ……！」

そんな私たちのやりとりがおかしかったのか、騎士団の皆さんは、全員で笑いだした。

私とアルセイフ様も顔を見合わせ、その笑いに加わったのだった。

◆

ヒドラを倒した私たちは、村を出て王都へと戻ってきた。

国王陛下に事の顚末を報告した、その日の夜。

遅くなってしまったので王城に一泊していくことになった。

「ふぅ……」

「大丈夫か、フェリ？」

「ええ、アル様」

私たちは同じ部屋に泊まっていた。

まあ夫婦ということで、同じ部屋をあてがわれた次第。

「無理もない。あんなにも大きな力を使った後なのだ」

「まあ、そちらはあまり」

ヒドラを倒したあの聖なる力。別に使ったからといって、体力や精神力の消耗は感じられなかった。

「では、どうしたのだ？」

「なんだか最近、いろいろとめまぐるしく出来事が起きてるじゃないですか。少し休みたいなぁと」

「そうだな……俺も休みを取って旅行にでも行きたい」

「ですね。私もあなたと二人で旅行したいです」

「おお……！」

彼は表情を明るくして、私を抱きしめてくる。

「そうか！　二人で行きたいか！　あの余計な旧友たちはいらないか！」

別に。ただ単純に彼と一緒にゆっくりしたいと思っただけである。

「ネログーマはどうだ？　あそこは海の近くにあるぞ」

「海ですか……」

ネログーマとはこの国の東にある、水と緑の国だ。観光の名所として評価が高い。

「いいですね」

「では休暇の許可を取ろう！　すぐ取ろう！」

コッコロ二号ちゃんは、ふふ……どうやら私と旅行へ行くのがよほど楽しみのようだ。

尻尾をぶんぶんと振っている姿を幻視した。

「楽しみですね」

「ああ。フェリの水着……くっ！」

「どうしました？」

彼が頭を抱えてうなる。

「フェリの美しい水着姿……見たい。だが……！　俺のフェリの、美しい姿を！　他の者には見せたくないという葛藤《かっとう》が生じている！」

ほんと、馬鹿ですねえふふ……。

「じゃあ海はなしにします？　あーあ、海に行くの楽しみだったんですけどねぇ」

私がそうやってからかうと、彼はぶんぶんと首を横に振る。

「行こう！　とりあえず、無人島でも貸し切る！」

「なんですかそれ。まったく、そんなに私を独占したいのですか？」

「もちろんだとも。フェリは俺のだ」

「ふふ、アル様も私のもの、ですよ」

私は彼と口づけを交わす。

ついばむような口づけをしたあと、彼が嘆息をつく。

「幸せで死にそうだ……」

「幸せで死んだ人間なんて聞いたことありませんよ」

「いや、死ぬ。死んでしまいそうだ。心臓が破裂して死ぬ……」

「もう、おかしな人ですねぇ」

私たちは目を見合わせて笑う。そして……唇を重ねるのだった。

●ハイアside

フェリアたちがいちゃついている一方、彼女に思いを寄せる、ハイア王子はというと。

「これは……まいったね」

彼女たちの部屋の前で、その扉に背中を預けている。

フェリアの様子を見に来たのだが、入ろうとした瞬間、彼らの会話が聞こえてきたのだ。

これ以上の盗み聞きはよくないとその場を後にする。

「…………」

ハイアは、フェリアに密かな恋心を抱いていた。しかし、彼らのあの幸せそうな雰囲気に、水を差したくなかった。

今回のヒドラの件で、二人は絆《きずな》をより強固なものにしたのだろう。

慎《つつし》み深いフェリアが、あんなふうに、男を求めるなんて。

「……邪魔しないよ、君の幸せは、ね」

ハイアは一人去る。もう、彼らの邪魔するつもりはない。彼女への思いに胸を詰まらせながら、フェリアの幸せを祈るのだった。

●アルセイフside

フェリアとともに、ヒドラを討伐して、レイホワイト家に帰ってきた、その日の夜。

「…………」

目を覚ましたアルセイフは、隣に眠る、美しき妻を見やる。

「すぅ……んんぅ……」

フェリア。愛する妻。なんと美しく……そして、気高《けだか》い魂を持つ女だろうか。

「…………」

アルセイフは、先日のヒドラ戦のことを思い返す。

恐ろしい毒魔竜は、自分の剣技も、氷の異能も通じなかった。

彼は死を覚悟した。それでいいと思った。愛する女を守って死ねるなら、本望だと。

そこへ彼女が現れた。……崩れ落ちそうなくらいの安堵を覚えた。

「フェリ……」

彼女は、自分を守るためにやってきてくれた。あんな見上げるほどの毒の竜を前にして、震えない者はいないだろう。

だがフェリアはおびえる様子もなく、自分を助けてくれた。

本当にうれしかった。自分を守ろうと、思ってくれることが、大切に想ってくれていることが。

「…………」

だが、喜んでるばかりでは、駄目だ。

アルセイフは立ち上がってベッドルームを後にする。

向かったのは庭にある祠。そこの中には、フェンリルのコッコロが座っていた。

『なに？』

「礼を言いに来た」

『礼？』

「おまえからもらったお守りが、役に立った」

フェリア経由で、お守りをもらっていたのだ。ヒドラからの攻撃に耐えられたのは、このフェンリルのおかげである。

『別に、君のためにやったんじゃないんだから。フェリを守るためなんだからね。勘違いしないでよね』

ふんだ、そっぽを向くコッコロ。

「素直じゃないやつだな、貴様」

『君に言われたくないんですが？』

「……そうだな」

『な、なんだよ……素直に認めるのかよ……調子狂うな……』

ふぅ、とアルセイフは深く息をつく。

『なんかあったの？』

「ああ。ヒドラに、俺は負けてしまった。フェリに——守るべき女に、守られてしまった……騎士として、失格だ」

アルセイフは力不足を感じていたのだ。

愛する女に守られるなんて。本来ならあってはならない。

悔しかった。フェリアを、不安にさせてしまったことが。

「俺は……フェリを守る力が欲しい。頼む……力を、貸してくれ」

アルセイフは素直に頭を下げる。

今まで彼は、コッコロに対して嫌悪感を覚えていた。

嫉妬だったのかもしれない。フェリと気安い関係が、羨《うらや》ましかったのだ。

だから、この家の守護獣であるコッコロに敬意を払うことはなく、受け容《い》れることもなかった。

けれど今、彼は頭を下げて、助力を願い出たのだ。

愛する女を守る力を得るために。

『……ふん。ま、別にいいよ』

「……いいのか？」

コッコロは溜め息交じりにうなずく。

『君が私利私欲で、ボクの力を得ようとしてるんだったら、絶対手を貸さなかった。でも君はフェリのために……誰かのために強くなりたいって、そう言った。……成長したね、君』

……そういえばこのフェンリルは、幼い頃からアルセイフのことを知っているのだ。

長くそばにいたからこそ、変化に気づけたのだ。

「俺が変われたのだとしたら、フェリのおかげだ」

『そうだよ。フェリがいたから君は変われたんだ。それを努々《ゆめゆめ》忘れないように』

そう言ってコッコロは近づいてきて、アルセイフに鼻先を向けてくる。

コッコロの鼻先に手を触れると、青い光が、アルセイフの中に入ってきた。

力が……湧いてくる。

これがフェンリルの力……レイホワイト家の守り神の、力。

「フェリに感謝だな」

『その通り』

二人は目を見合わせて、晴れやかに笑う。

ようやく二人は、和解できたのだった。

エピローグ

●フェリア side

ヒドラ事件が収束し、平穏が戻ってきた。

「それでは、お義母様《かあ》、お義父様《とう》、いってきます」

レイホワイト家の屋敷の前には一台の馬車が停まっている。

これから私とアルセイフ様は、一緒に海辺の街へ行き、休暇を過ごす予定だ。

彼は数日の休暇を取った。私と海を見る、という約束を果たすために。

「アルちゃん、フェリちゃんに迷惑かけてはいけないわよ」

お義母様に注意されても、彼はフンッと鼻を鳴らしてそっぽを向くだけ。

私はあきれて、彼の頭をはたく。

「ありがとう、いってきます、でしょう？」

「……いってくる」

やれやれ。ちょっと素敵な男性になったと思ったのに、まだこういうところは子供だな。

するとお義父様は笑うと、深々と頭を下げてくる。

「ありがとう、フェリアさん。君が来てくれたおかげで、息子は変われた。君が息子のお嫁さんになってくれること、心からうれしく思うよ」

……そんなふうに言ってもらえて、私もうれしかった。

「いえ、でもお礼を言いたいのはこちらのほうです。こんな私を、受け入れてくださり」

力が覚醒する前、私は落ちこぼれ扱いされていた。

そんな私を邪険にするのではなく、温かく迎え入れてくれた。

そのことに、私は感謝してる。そして、彼と出会えたことにも。

「いくぞ、フェリ」

「ええ、アル」

私たちは手を取り合って馬車に乗り込む。

横に並んで席に座り、窓の外を見やる。

お義父様とお義母様、そしてコッコロちゃんが笑顔で手を振ってくる。

私も彼も微笑んで手を振り返した。

「海、楽しみですね」

「ああ。楽しみだ。フェリの水着姿」

「そっちですか、あなたも男の子ですねえ」

気づけば私は笑っていた。彼もまた笑っている。

……私は今、とても、とても幸せを感じてるのだった。

あとがき

作者の茨木野《いばらきの》と申します。この度《たび》は「冷酷なる氷帝の妻でございます」（以下、氷帝）をご購入いただき、誠にありがとうございます。

本作は才能がないと蔑《さげす》まれてきたクールな公爵令嬢が、わがままな義妹の代わりに、冷酷なる氷帝のもとへ嫁《とつ》ぐ。その過程で、彼が実は怖い人じゃないんだと気づいて、少しずつ夫婦になっていく……という内容となっております。フェリアのクールっぷりと、アルセイフの駄犬っぷり、そんな二人が少しずつ心の距離を詰めていく恋愛模様を、楽しんでいただけたらと思います。

以下、氷帝を書こうと思ったきっかけを、つらつら書いていきます。

僕は主に「小説家になろう」（以下、なろう）で小説を書いています。最近のなろうのトレンドは、女性主人公で、異世界での恋愛劇が流行《はや》っております。僕もその流れを汲《く》んで、書いてみようと思ったのがたしか二〇二二年の一月頭くらいでした。

しかし全然うまくいきませんでした。原因ははっきりしてます。僕が会話文主体でお話を作るからです。僕は思ったことがすぐ口に出るキャラばかりを書いてきました。しかし恋愛劇の女性主人公は、みんな貴族の女の子たち、つまり淑女なのです。

思いが口に出せなくてもんもんとする、繊細な女の子が必要とされる。そんなわけで、どうにも女性主人公恋愛ものと、僕の書き方とは相性が悪い。苦手ジャンルゆえか、あまりなろうでのポイントが取れない、苦労の日々が続きました。

転機は、その年の二月中旬くらいに訪れました。別の出版者様との打ち合わせの際に、恋愛劇苦手なことを打ち明けたんです。淑女が書けないと。そしたら、「言いたいことははっきりと言う、けどクールな令嬢を書いたら？」とアドバイスを受けたんです。そこから、「冷酷なる氷帝」というあだ名に対して、「頭痛が痛いみたいで馬鹿みたいですね」とはっきりした主張を返す、クールでいてしかし、芯の強い貴族令嬢フェリアが爆誕したわけです。

フェリアと犬二匹（アルセイフ＋コッコロちゃん）が出てきたあたりで、このお話の書き方がなんとなくつかめました。あとは、あれよあれよと話が進んでいき、今回幸いなことに、集英社の編集様から書籍化の打診がきて、こうして本が出ることになりました。やっぱり小説はキャラクターが一番重要ですね。自分が書きたいって登場人物ができれば、苦手なジャンルでもなんとかなるなあって、今回氷帝を書いてそう思いました。

以下、謝辞です。

イラストレーターのすがはら竜《りゅう》様。素敵なイラストありがとうございます。どの子もイメージどおりでした。特にコッコロちゃん、最高です。駄犬感がすごい。可愛すぎる。

編集のG様。ダッシュエックス文庫様で出した作品に引き続き、本レーベルでも打診いただき、ありがとうございました。その他、本づくりに携《たずさ》わってくださった皆様、そして読者の皆様に、深く御礼申し上げます

二〇二三年一月某日　茨木野

ダッシュエックスノベルｆの既刊

Dash X Novel F 's Previous Publication

『したたか令嬢は溺愛される～論破しますが、こんな私でも良いですか？～』

沢野いずみ

イラスト／TCB

論破するしたたか令嬢×一途なイケメン公子の溺愛ストーリー、ここに開幕！

「お前との婚約を破棄する！」

婚約破棄を告げられた公爵令嬢アンジェリカ。理由は婚約者オーガストの恋人、ベラを虐めたからだという。だが、アンジェリカはベラのことを知らなかった。元々、王命で仕方なくした婚約。婚約破棄は大歓迎だが、濡れ衣を着せられてだなんてありえない！濡れ衣を晴らすため隣国の公子リュスカと共に調査を始めるが、同時に甘々なリュスカに翻弄されていく。

「惚れた女を助けるのは当然だろう？」

二人は力を合わせてベラを追い詰めていく。しかし、ベラには秘密があって――？

Dノベルf

冷酷なる氷帝の、妻でございます
～義妹に婚約者を押し付けられたけど、意外と可愛い彼に溺愛され幸せに暮らしてる～

茨木野

2023年3月8日　第1刷発行

★定価はカバーに表示してあります

発行者　瓶子吉久
発行所　株式会社　集英社
〒101－8050　東京都千代田区一ツ橋2－5－10
03(3230)6229(編集)
03(3230)6393(販売／書店専用)　03(3230)6080(読者係)
印刷所　凸版印刷株式会社
編集協力　後藤陶子

ISBN978-4-08-632006-1　C0093

作品のご感想、ファンレターをお待ちしております。

あて先
〒101－8050　東京都千代田区一ツ橋2－5－10
集英社ダッシュエックスノベルf編集部　気付
茨木野先生／すがはら竜先生